"A

"I—" Bernadette hesitated. "Actually, I'm discovering you're a very nice person. It's just that—"

Cody understood. "We're too different."

"Totally."

"And every time I see you, I want to make love with you."

"And I—" She stared at him, shaking her head as his words registered. "No, you can't . . . We can't . . . It wouldn't work."

"Oh, I'm sure we could make love. Considering how you respond to a kiss, I think it would work very well."

"You know what I mean."

Slowly he reached forward, touching her cheek. "Kiss me," he whispered.

Bernadette knew she had to leave. She had to get away from him. Far, far away. Leaning forward, she obeyed his command.

The blending of his mouth with hers was becoming a familiar experience, and she ran the tip of her tongue over his lips, catching the taste of chocolate. Chocolate was addicting. Cody was addicting.

The molten need pouring through her begged for relief, and his hips against hers were hard evidence that he shared her desire. The twisting and turning of their bodies had her dress to her hips, her legs free to wrap around his.

His gaze was deep chocolate, tempting her. His voice was rough whiskey. "Either stop me now, or I'm going to make love with you."

WHAT ARE *LOVESWEPT* ROMANCES?

They are stories of true romance and touching emotion. We believe those two very important ingredients are constants in our highly sensual and very believable stories in the LOVESWEPT line. Our goal is to give you, the reader, stories of consistently high quality that may sometimes make you laugh, sometimes make you cry, but are always fresh and creative and contain many delightful surprises within their pages.

Most romance fans read an enormous number of books. Those they truly love, they keep. Others may be traded with friends and soon forgotten. We hope that each LOVESWEPT romance will be a treasure—a "keeper." We will always try to publish

LOVE STORIES YOU'LL NEVER FORGET
BY AUTHORS YOU'LL ALWAYS REMEMBER

The Editors

Capítulo Uno

Para Garrett Miller, la oportunidad del momento lo era todo, tanto en los negocios como en la vida.

Y su viaje a Austin, Texas, no podía ser más oportuno.

Su objetivo principal era reunir a su madrastra con Ali Moran, la hija que había dado en adopción treinta años antes. Si eso fracasaba, pretendía persuadir, o coaccionar si era necesario, a Ali para que le diera la parte de la escritura que tenía en su posesión y que permitiría a su madrastra y a su nuevo marido reclamar legalmente el rancho que habían recibido.

Además, necesitaba buscar una propiedad para expandir su empresa. Dado que Austin estaba convirtiéndose en el Silicon Valley del sureste, era una buena opción y le proporcionaba la excusa perfecta para realizar el viaje.

Lo malo era que tenía que conseguirlo todo sin que nadie supiera que estaba en Austin.

Arrugó la frente y marcó el código de entrada de la verja electrónica de la casa de huéspedes Vista, donde su secretaria le había reservado habitación. Si hubiera sabido que el éxito lo haría tan popular entre los medios de comunicación, nunca habría creado su empresa Conceptos de Futuro. No había imaginado que al público en general pudiera interesarle tanto los movimientos de un hombre de negocios.

Ni que el éxito pudiera convertirlo en objetivo de un loco que quería verlo muerto.

Rechazó el inquietante pensamiento y condujo a través de la verja. Se recordó que, por lo que el mundo sabía, Garrett Miller se encontraba en un seminario de tecnología en Suiza, una mentira que su departamento de relaciones públicas había filtrado a los medios. Garrett sólo tenía que mantener el incógnito en Austin; su perseguidor iría a Suiza y, con suerte, caería en la trampa que habían preparado.

Aparcó el coche alquilado que había recogido en el aeropuerto ante la casa de dos plantas. Estudió el edificio un momento, pensando en la mujer que había dentro y en las posibilidades que tenía de conseguir su cooperación. Se había concedido un mes para encontrar la manera de convencerla para reunirse con su madrastra, aunque dudaba que fuera a tardar tanto. Todo el mundo tenía un precio, o una debilidad. Se trataba de averiguar cuál era la de Ali.

Sonrió con superioridad mientras bajaba del coche. Estaba seguro de que tendría éxito. Saber era poder y, gracias al detective privado que había contratado y sus propias investigaciones, lo sabía todo sobre Ali Moran.

Y ella no sabía nada de él.

***

Subida en una escalera, Ali se estiró para quitar el último adorno de la rama más alta del árbol de Navidad. A pesar del fuego que crepitaba en la chimenea y del CD de Norah Jones que sonaba, no habría podido sonreír aunque quisiera. El uno de enero solía ser su día favorito del año: dormía hasta tarde después de celebrar el Año Nuevo con sus amigos, se comía un bol de frijoles para tener buena suerte y escribía una lista de resoluciones que no cumpliría. Lo mejor de todo era que el uno de enero marcaba el inicio de sus cuatro semanas de vacaciones anuales.

Pero ese año no habría vacaciones para Ali.

Con una mueca, guardó el adorno en la caja y bajó la escalera. Era culpa suya. Había permitido que su avaricia ganara la partida.

Pero ¿quién no lo habría hecho? Cuando un millonario llama y ofrece cuatro veces la tarifa habitual para alquilar la casa de huéspedes entera durante un mes, es difícil decir que no. Cocinar y limpiar para un huésped, en vez de los cinco que acomodaba su casa y recibir cuatro veces más. Sólo un tonto rechazaría esa clase de oferta.

«Así que deja de quejarte», se dijo. El dinero que iba a ganar compensaría con creces el sacrificio de renunciar a sus vacaciones.

—Pero no por eso me gusta —rezongó entre dientes.

Sonó el timbre. Se preguntó quién podía llamar a una hora tan temprana el día de Año Nuevo. Todo el mundo sabía que estaría durmiendo, tras una noche de fiesta; y sería la verdad si no esperara a un huésped esa tarde.

Se mordió el labio inferior. Esperó que no hubiera llegado pronto; le había dicho que llegara a las tres. Pero no se le ocurría nadie más que pudiera llamar a su puerta tan temprano. Empezó a guardar los adornos a toda prisa, avergonzada porque alguien pudiera entrar en su casa estando tan desordenada, y Garrett Miller menos que nadie.

El timbre sonó por segunda vez, irritándola. Fue hacia la puerta, diciéndose que tendría que aguantarse con lo que había, por llegar pronto.

En la puerta se detuvo para quitarse la goma del pelo y acercó el ojo a la mirilla. Parpadeó una vez, y otra. Si no hubiera investigado a su huésped en Internet no habría reconocido al hombre que estaba en su porche, dueño de una empresa mundialmente famosa como Conceptos de Futuro. Con vaqueros desteñidos, una gastada chaqueta de cuero y gafas de aviador, parecía… muy normal.

El timbre sonó por tercera vez, sobresaltándola. Resopló, esbozó una sonrisa risueña y abrió la puerta.

—Hola —dijo, ofreciéndole su mano—. Debes ser Garrett. Yo soy Ali, la propietaria de Vista.

Él la miró con una expresión extraña en el rostro, pero no hizo intención de aceptar su mano.

—¿Eres Garrett Miller, no? —dijo ella, mirándolo con más detenimiento.

—Disculpa —la pregunta pareció sacarlo de su trance. Le dio la mano—. Es sólo que te pareces mucho a… alguien que conozco.

Ella sintió un cosquilleo en la espalda cuando los dedos de él se cerraron sobre los suyos. Sorprendida por su reacción, y nada segura de que le gustara, retiró la mano.

—Ya sabes lo que dicen —dijo, encogiéndose de hombros—. Todo el mundo tiene su gemelo.

Él volvió a mirarla con extrañeza y ella gimió internamente, iba a ser un mes muy largo.

—Entra —le dijo, abriendo la puerta de par en par—. Tendrás que perdonar el desorden —le advirtió—. Me has pillado retirando los adornos de Navidad.

Él entró, dejando a su paso un seductor aroma a sándalo.

—Espero que llegar antes de tiempo no suponga una inconveniencia. Mi piloto me trajo antes de lo que había planeado.

Si tenía su propio piloto, debía tener su propio avión. Incapaz de imaginar esa riqueza y la libertad que ofrecía, se tragó un suspiro de envidia.

—No es problema —miró hacia el coche de alquiler que había aparcado ante su puerta—. ¿Necesitas ayuda con el equipaje?

Él se quitó las gafas de sol, las metió en el bolsillo de la cazadora y miró a su alrededor.

—Lo sacaré después, si te parece bien.

Cuando volvió a mirarla, sin gafas de sol, sintió el mismo cosquilleo que cuando había tocado su mano.

—Huy, vaya —exclamó, incapaz de desviar la mirada.

—¿Disculpa?

—Tus ojos. No me había dado cuenta hasta que te has quitado las gafas. Son marrones. Ese marrón del color del chocolate fundido. Y cuando les da la luz... –abrió y cerró la puerta, cambiando la intensidad de la luz que iluminaba su rostro– se ven chispitas doradas que parecen explosiones de luz.

–Puedo volver a ponérmelas, si te molesta –dijo él, llevando la mano al bolsillo.

–Perdona –dijo ella con una sonrisa avergonzada–. Tengo tendencia a dejarme llevar por los juegos de luz. Es una de las maldiciones de dedicarse a la fotografía. Por aquí –dijo, indicándole el camino–. Te enseñaré la planta inferior, después te llevaré a tu habitación, arriba.

Lo guió por el pasillo, señalando a derecha e izquierda mientras hablaba.

–Salón y comedor –dijo–. Puedes utilizarlos cuando quieras, pero la mayoría de mis huéspedes prefieren la sala de estar y la sala de desayunos, más acogedora, en la parte trasera de la casa. Tienen una vista preciosa de Town Lake –hizo una pausa y señaló una puerta que había al final del corto pasillo–. Ésa es la entrada a mi apartamento privado. La única parte de la casa no permitida a los huéspedes.

–Leí en tu página web que estás especializada en hospedar a hombres de negocios –ladeó la cabeza–. Creo que era algo como «Vista, donde se satisfacen todas las necesidades del viajante de negocios».

–Si estás pensando que Vista ofrece servicios de chicas –dijo ella, ofendida por su tono sugerente y el énfasis que había puesto en «todas»–, te equivocas.

–No he dicho eso –contestó él.

–Bueno, para que quede claro, sólo ofrezco a mis huéspedes un alojamiento cómodo, comida casera y un lugar de trabajo, si lo necesitan.

–Es cuanto espero –le aseguró él–. Sólo sentía curiosidad sobre por qué una mujer que vive sola prefiere a hombres como huéspedes.

–No he dicho que viva sola –dijo ella, estrechando los ojos.

–No hacía falta. El uso repetido de «mi» y «yo» lo ha hecho obvio.

Ella siguió mirándolo con suspicacia y él colocó las manos en las caderas y torció la boca.

–Oye –dijo, irritado–. Si te preocupa tu seguridad, olvídalo. Estás a salvo conmigo. No me interesas tú ni tu cuerpo. Espero que me entiendas, si quiero compañía femenina, no necesito que nadie me la organice.

Ella no supo si sentirse aliviada o insultada, pero una cosa era indudable: había irritado a su huésped. Una persona que se dedicara a su actividad, no podía permitirse hacer eso.

–Disculpa –dijo ella, con sinceridad–. No suelo ser tan defensiva.

–Y a mí no suelen tomarme por un depredador –contestó él.

–¿Podemos pulsar el botón de «Rebobinar»? –preguntó ella, esperanzada–. Parece que hemos empezado mal.

–Si prefieres pensar que nuestra relación mejorará empezando de nuevo… –alzó una mano–, considera que ya he rebobinado.

–Gracias –para demostrar su intención de ser agradable, forzó una sonrisa–. Y para contestar a tu pregunta sobre mi preferencia por viajantes de negocios, esto no es sólo una casa de huéspedes, sino también mi hogar; descubrí muy pronto que los hombres de negocios interfieren menos con mi vida habitual que los turistas. Y que suelan reservar durante la semana es otra ventaja, así tengo los fines de semana libres para dedicarlos a mi otro trabajo.

–¿Otro trabajo? –él enarcó una ceja.

–La fotografía. Aspiro a convertirme en reportera gráfica.

–Una mujer de muchos talentos.

–Deberías reservar tu juicio hasta que veas mi trabajo –le advirtió ella. Sonrió e hizo un gesto con la mano–. Vamos, sigamos con la visita.

Se encaminó hacia la cocina.

–Por la mañana encontrarás zumo y café en la sala de desayunos. Suelo servir el desayuno a las siete los días de diario y a las ocho en fin de semana, pero como eres el único huésped, puedes elegir una hora distinta, si quieres.

–Ese horario me parece bien.

–Ésta es la sala de estar –dijo ella, entrando bajo un arco. Se detuvo y dejó caer los hombros al ver el trabajo que tenía por delante–. Bienvenido a la pesadilla post-navideña.

–Diablos –murmuró él–. ¿Decoras todas las habitaciones de la casa?

–Mas o menos. Mis amigos me acusan de querer compensar las terribles navidades de mi infancia.

–¿Terribles?

–Un arbolito de sobremesa y un regalo en Nochebuena, justo antes de acostarme.

–¿Tus padres eran pobres?

—No —se tragó una risa—. Más bien aburridos.

Como dudaba que a su huésped le interesara su disfuncional familia, señaló un mueble antiguo, casi tapado por guirnaldas de flores.

—Lo creas o no, detrás de esas guirnaldas hay una televisión de pantalla plana. Puedes ver la televisión aquí o en tu habitación, como quieras. Tengo red de Internet inalámbrica, así que puedes conectarte en cualquier parte de la casa y también en los patios exteriores —hizo una pausa y siguió con las explicaciones—. Las dos puertas se abren sin llave, cambio la clave de entrada cada dos semanas —señaló unas escaleras que había al otro lado de la habitación—. Subiremos a la segunda planta por la escalera de atrás.

Cuando llegaron al descansillo, se encaminó hacia el extremo opuesto del pasillo.

—Puedes elegir dormitorio, pero como vas a quedarte un mes, creo que la suite será lo más apropiado. Tiene una salita independiente, con mininevera y bar. Además, el cuarto de baño es más grande y tiene una bañera perfecta para relajarse.

Abrió la puerta de la suite y se apartó.

—Si no tienes preguntas, dejaré que te acomodes.

—Sólo tengo una.

—¿Cuál?

—Cuando mi secretaria hizo la reserva, pidió que mantuvieras mi estancia aquí en secreto.

—No se lo he dicho a nadie —ella alzó la mano como una buena chica scout.

—Bien. Nadie debe saber que estoy aquí.

–¿Por qué? –esbozó una sonrisa traviesa–. ¿Te busca la policía?

–No –dijo él tras un leve titubeo–. Busco emplazamiento para una futura expansión de mi empresa. Es imperativo que mi presencia y mis planes se mantengan en secreto hasta que tome una decisión.

–Tu secreto está a salvo conmigo –simuló que cerraba sus labios con una cremallera–. ¿Algo más?

–De momento no.

–Bueno, si se te ocurre algo, estaré en la sala de estar, librándome del fantasma de las Navidades pasadas.

Garrett fue al cuarto de baño a colocar sus cosas. Había estado a punto de delatarse. Cuando Ali había abierto la puerta, su parecido con su madrastra lo había dejado sin habla. Tenía el mismo cabello rubio, ojos azules y rasgos delicados. Incluso sus gestos se parecían, y eso lo desconcertaba, dado que no habían llegado a conocerse.

Había estado a punto de confesar por qué la miraba fijamente, y lo habría hecho si el contacto de su mano no le hubiera provocado una especie de descarga eléctrica. Los ojos de ella habían expresado sorpresa y había retirado la mano rápidamente, así que debía haber sentido algo parecido.

Ella había vuelto a desconcertarlo al decir que todo el mundo tenía un gemelo. Habría pensado que intentaba atraparlo, si su expresión no hubiera sido tan inocente y sincera.

A pesar de todo, había conseguido infiltrarse con éxito en el campo enemigo. Soltó una risa irónica; por lo visto empezaba a pensar con palabras de espía.

Volvía al dormitorio, sacudiendo la cabeza, cuando vio la bañera. Estaba sobre una plataforma de baldosas de piedra y su diseño imitaba al de una bañera antigua con patas, pero su tamaño y grifos modernos la situaban claramente en el siglo XXI.

Recordando su comentario de que era perfecta para relajarse, se acercó para examinarla con más de detalle. Sin duda parecía cómoda, era muy larga y los extremos tenían una inclinación perfecta. Miró el mirador que tenía encima. Ofrecía una impresionante vista del lago y del cielo. Aunque él prefería ducharse, entendía que una persona disfrutara de una largo baño relajante en ese entorno. Si se añadía una mujer a la ecuación, incluso él aceptaría sustituir la ducha por un baño.

Entrecerró los ojos y miró la vista, imaginándose la escena de noche. La luna reflejándose en la superficie del agua. Un cielo tachonado de estrellas. Si a eso se añadía suave música de piano y montones de burbujas perfumadas se convertiría en el escenario perfecto para una seducción.

Miró la bañera de nuevo y se preguntó si la casera de Vista la utilizaba cuando tenía la casa para ella sola. Parecía el tipo de mujer que disfrutaba con un baño de burbujas: femenina, sensual. De hecho, le resultaba fácil imaginársela allí, con la cabeza apoyada en el borde de la bañera, los ojos cerrados y cubierta por montones de burbujas iridiscentes.

Incluso más fácil, y mucho más placentero, era imaginársela allí con él.

Frunció los labios y pasó un dedo por el borde de la bañera. Se imaginó con ella apoyada en su pecho, las caderas entre sus muslos, trazando sus curvas con las manos. Eran curvas generosas, lo había visto en cuanto le abrió la puerta. Y tenía una boca hecha para besarla. Labios llenos y jugosos curvados con una sonrisa perenne.

Con una excepción.

La indignación había borrado esa sonrisa cuando él insinuó que la casa de huéspedes pudiera ser la tapadera de una casa de citas, un negocio de «chicas de compañía». Lo cierto era que había tenido la esperanza de que utilizase la pensión para actividades ilegales.

Era una pena haberse equivocado. Si hubiera tenido razón, habría contado con una forma de obligarla a cooperar.

Y también habría tenido otra razón para alimentar el desagrado que sentía hacia Ali Moran.

Aunque no necesitaba más.

El dolor que le había infligido a su madrastra era más que suficiente para desearle que ardiera en el infierno.

Capítulo Dos

–¡Traci! –Ali miró hacia el techo con preocupación y luego bajó la vista hacia su risueña amiga–. Contrólate, ¿quieres? Podría oírte.

–Perdona –Traci hizo una mueca de culpabilidad–. Pero cuando me has contado lo de la insinuación de que Vista era una casa de citas, te he visto paseando por la casa con mallas elásticas y tacones de aguja. ¿Te imaginas? ¿Tú, una *madame*? O, peor aún, ¿una chica de alterne?

–Podría ser una chica de alterne –dijo Ali, defensiva–. No lo sería, pero podría serlo.

–¿Bromeas? –dijo Traci, atónita–. Si tuvieras que vivir de vender tu cuerpo te morirías de hambre en una semana.

–Vaya, gracias por el voto de confianza –Ali abrió la puerta del horno y metió una cestita de hojaldres fritos para que se mantuvieran calientes.

Traci consiguió robar uno antes de que cerrara el horno y le puso una cucharadita de miel en el centro.

–No he dicho que no puedas «atraer» a un hombre –dijo–. Pero ser una chica de alterne implica más que ir ligerita de ropa y luciendo escote.

–Ah, y supongo que tú eres experta en el tema –dijo Ali, mirándola con ironía.

–Veo suficientes series policíacas como para

dar un cursillo. Y te diré algo –siguió, animándose–, las prostitutas que recogen de la calle no tienen escrúpulos sobre con quién practican el sexo. No pueden permitirse tenerlos. Tú, en cambio, arrugarías la nariz ante el más mínimo defecto físico.

–¿Estás diciendo que soy una esnob sexual? –preguntó Ali, boquiabierta.

–¿Hace falta que te recuerde lo de Richard? –Traci recogió una gota de miel con la punta del dedo y se lo llevó a la boca.

Ali se estremeció con la mención del censor jurado de cuentas con quien había salido un breve periodo de tiempo.

–Por favor. Sólo pensar en sus manos sudorosas y besos pringosos me da dolor de cabeza.

–¿Y crees que las chicas de alterne entretienen sólo a hombres tipo Brad Pitt?

–Vale, vale –gruñó Ali–. Tienes razón.

–Me encanta tener razón –Traci sonrió con satisfacción.

–Shhh –siseó Ali, segura de que había oído pasos en el vestíbulo de la planta superior.

–Viene –susurró, agarrando a Traci del codo y llevándola a la puerta trasera.

–Eh –protestó Traci, haciendo malabarismos con su hojaldre para no dejarlo caer–. ¿Quién ha dicho que me iba? Quiero conocer a tu misterioso huésped millonario.

–No es mi millonario y no puedes conocerlo –dijo Ali, abriendo la puerta y empujándola afuera.

–¿Por qué no?

–Ya te lo he dicho. No quiere que nadie sepa que está aquí –antes de que Traci pudiera insistir, cerró la puerta y echó el cerrojo por si intentaba entrar.

Una vez libre de Traci, fue a la sala de desayunos, donde encontró a Garrett ante el bufé, sirviéndose una taza de café. Estaba vestido de forma muy parecida al día anterior: pantalones vaqueros y un suéter negro, un conjunto informal que ella encontraba muy atractivo.

Pensó que era una pena que su personalidad no acompañara al físico. Forzó una sonrisa y se acercó a saludarlo.

–Buenos días. ¿Has dormido bien?

–No demasiado –dijo él, mirándola de reojo.

–Bueno, esperemos que esta noche descanses mejor –dijo ella, aún sonriente. No permitiría que su mal carácter la amargara.

–Eso está por ver –dijo él, llevándose la taza de café a los labios y mirándola por encima del borde.

Ella pensó que sus ojos tenían algo hipnótico. Y no era por su color. Los ojos marrones eran muy comunes en Texas. Se preguntó por qué serían tan atractivos.

Sintiendo que se perdía en sus oscuras profundidades, desvió la mirada y fue hacia la cocina.

–Siéntate a la mesa –le dijo, por encima del hombro–. Enseguida te traeré el desayuno.

Una vez estuvo fuera de su vista, agarró un plato y empezó a llenarlo de comida, mientras se recriminaba en silencio. Se dijo que él no era nada especial. En Austin había hombres guapos a patadas. Tampoco importaba que fuera rico. Ella nunca había considerado el dinero un atributo positivo, y menos aún en un hombre. Todos los ricos que había conocido eran zopencos pomposos que utilizaban su dinero para alimentar su ego y necesidad de poder. Coches, barcos, casas. Cuanto más llamativo el artículo, más lo buscaban.

Sacó la cesta de hojaldres del horno. No. Garrett Miller no era nada especial y desde luego no era un hombre con quien desearía involucrarse.

Añadió la cesta a la bandeja con el plato y regresó a la sala de desayunos mucho más serena.

—Espero que tengas hambre —dijo colocando los platos en la mesa—. Huevos rancheros, patatas asadas, fruta fresca y hojaldres con mantequilla y miel.

Se colocó la bandeja bajo el brazo y agarró la jarra de café.

—Si necesitas algo, estaré en la cocina —dijo mientras rellenaba su taza de café.

Esperó hasta que la puerta vaivén se cerrara a su espalda y luego dejó la bandeja y fue hacia el fregadero, ansiosa por poner la cocina en orden. Estaba con agua jabonosa hasta los codos, cuando oyó que la puerta se abría a su espalda y miró por encima del hombro. Abrió los ojos de par en par al ver a Garrett entrar con su plato y su taza.

—¿Le pasa algo a la comida? —preguntó, alarmada.

—No. Se me ha ocurrido comer aquí contigo.

–Pero… –parpadeó con sorpresa–, los huéspedes no comen en la cocina. Comen en la sala de desayunos.

–Este no –colocó el plato y taza en la barra central y se sentó en un taburete.

Ella se planteó insistir en que saliera de allí, pero optó por volverse hacia el fregadero con un suspiro. El tipo había pagado con creces su derecho a comer donde quisiera.

–¿Tienes planes para el día? –preguntó, por darle conversación.

–Nada específico. He pensado dar una vuelta en coche para familiarizarme con la ciudad.

–¿Habías estado antes en Austin?

–Un par de veces, por negocios. Pero estuve en reuniones y vi muy poco de la ciudad.

–Eso es una pena –aclaró la sartén que acababa de lavar y la puso en el escurridor–. Hay mucho que hacer y ver en Austin.

–¿Por ejemplo…?

–Bueno, está la calle Sexta, que se parece un poco a Bourbon Street, en el barrio francés de Nueva Orleans. Hay desde tiendas de tatuajes a clubes de jazz. Es una locura los fines de semana. Mucha gente en la calle, bebiendo y de fiesta.

Escurrió la bayeta y la pasó por la encimera.

–Es imprescindible visitar el Capitolio –siguió–. Una arquitectura fabulosa y una gran vista de la ciudad desde arriba. Y si te interesa la historia, Austin es la sede de la biblioteca Lyndon Baines Jonson y del museo Bob Bullock.

–¿Has vivido aquí toda tu vida?

Ella soltó una risita, divertida porque la hubiera confundido con una lugareña.

—No. Pensé que mi acento norteño me delataría.

—¿Norteño? —repitió él. Movió la cabeza y pinchó una fresa con el tenedor—. Créeme. Si alguna vez lo tuviste, sucumbió al ataque del acento nasal texano.

—¿En serio? —dio ella, tomándoselo como un gran cumplido.

—En serio. Un par de palabras locales más y pasarías por Sue Ellen, de la serie Dallas.

—Vaya. Eso me lleva al pasado. Solía ver esa serie cuando era niña. Sue Ellen, J.R, Bobby... —movió la cabeza, escondiendo una sonrisa—. La familia Ewing era tan disfuncional que hacía que la mía pareciera normal —se acercó al extremo de la barra, donde estaba la cafetera y alzó la jarra—. ¿Más café?

—No, gracias —se limpió la boca con la servilleta y la dejó junto al plato—. No hablas de tu familia con demasiado aprecio.

—Soy sincera —ella se encogió de hombros—. Mis padres son raros —llevó la jarra al fregadero y cambió de tema—. Si tienes alguna preferencia en cuanto a comidas, dímelo. Intento satisfacer a mis huéspedes siempre que puedo.

Él no contestó. Cuando ella miró hacia atrás por encima del hombro, vio que tenía el ceño fruncido.

—¿Hay algún problema?

—No, yo... —movió la cabeza—. Me preguntaba si tendrías tiempo para enseñarme la ciudad hoy.

—Si te preocupa perderte, puedo darte montones de mapas —dijo ella. Se le había encogido el estómago al imaginarse atrapada con él en un coche todo el día.

—No necesito mapas. Lo que quiero es tu opinión y tu conocimiento de la zona. Seguramente puedes darme datos que no se me ocurriría pedir.

—No sé —dijo ella lentamente, mientras buscaba una excusa plausible para negarse—. Tengo bastantes cosas que hacer. Acabé de quitar los adornos navideños ayer, pero aún tengo que subir las cajas a la buhardilla.

—Te ofrezco un trato. Si tú haces de guía, te ayudaré a subir las cajas. Y —añadió, percibiendo su reticencia—, te compensaré por tu tiempo.

—¿Me pagarás? —preguntó ella, sorprendida.

—Sí —mencionó una cifra que la dejó atónita.

—¡Eso es más de lo que alguna gente paga por un coche! —exclamó.

—Te aseguro que puedo permitírmelo —enarcó una ceja—. ¿Hay trato?

—Bueno, sí —aceptó ella, ofreciéndole la mano para que no pudiera arrepentirse—. En Texas, un apretón de manos de un hombre, vale tanto como su palabra.

—¿Es igual para una mujer? —preguntó él, aceptando su mano.

Ella sintió un cosquilleo que empezó en la palma y recorrió todo su brazo. Preguntándose qué tenía él para provocarle esas sensaciones, curvó los dedos.

—Sí —afirmó, con voz entrecortada—. Es igual.

***

Garrett pensó que si la industria informática se venía abajo y se quedaba sin empleo, podría probar suerte como investigador privado. Se le daba de maravilla actuar de forma clandestina. Pedirle a Ali que fuera su chófer había sido espontáneo, pero también una genialidad. No sólo había conseguido la oportunidad de pasar tiempo con ella para hacer averiguaciones, además había conseguido ver su ático. No había esperado encontrar una escritura a plena vista, pero se había familiarizado con la estancia y eso le sería útil si se negaba a entregarle su parte de la propiedad y se veía obligado a buscarla.

Esperaba no tener que llegar a ese punto. Mentir era una cosa, robar era otra muy distinta.

—¿Conduzco demasiado rápido?

—No —contestó mirándola—. ¿Por qué?

—Has fruncido el ceño.

—¿Sí? —desvió la vista—. Estaba pensando.

—Pues debes pensar todo el tiempo.

—¿Por qué dices eso?

—Porque siempre tienes el ceño fruncido.

—¿En serio? —lo pensó un momento y se encogió de hombros—. Nunca me he dado cuenta.

—¿Piensas alguna vez en cosas alegres? ¿Cosas que te harían sonreír?

—¿Cómo qué?

—No sé. Recuerdos agradables. O una película divertida que te haga reír cuando piensas en ella.

—No recuerdo la última comedia que vi.

—¿Lo dices en serio? —le echó un vistazo.

—¿Por qué iba a mentir?

—Entonces, ¿qué haces para divertirte? —le preguntó, volviendo a concentrarse en la carretera.

—Me gustan los juegos de ordenador. ¿Qué haces tú para divertirte? —contraatacó.

—Hago pocas cosas que no me diviertan. Salir a cenar o al cine con amigos. Trabajar en mi jardín. Hacer fotos.

—Hacer fotos no cuenta. Eso es trabajo.

—Que sea trabajo no implica que no pueda ser divertido.

Él captó que, involuntariamente, le había ofrecido la oportunidad de sonsacarla sobre su vida para encontrar su debilidad, y decidió aprovecharla.

—Si te gusta tanto la fotografía, ¿por qué tienes la casa de huéspedes? ¿Por qué no eres fotógrafa a tiempo completo?

—En otro tiempo, ése era mi plan. Viajar por el mundo, hacer fotografías y publicarlas en libros.

—¿Álbumes de tus viajes personales? —preguntó él, dudando que existiera mercado para algo así.

—No sería algo personal. Al menos no en el sentido al que te refieres. Las fotos serían de gentes, lugares y cosas que compartieran un tema concreto o contaran una historia.

—¿Qué quieres decir con «contaran una historia»?

—Bueno, supongamos que quisiera hacer un reportaje fotográfico de una familia Amish —dijo ella—. Los fotografiaría trabajando, jugando, en casa, en su comunidad; capturaría su estilo de vida en imágenes. Las fotos contarían la historia.

–¿No es eso lo mismo que «un tema»?

–En cierto sentido, sí. Pero cuando pienso en un tema, pienso en algo concreto. La pobreza, por ejemplo –aclaró ella–. Si eligiera eso como tema, viajaría fotografiando ejemplos de pobreza en distintas partes del país o del mundo. La pobreza sería obvia en todas las fotos, pero la gente y el entorno variaría.

Él vio, en el brillo de sus ojos y el entusiasmo de su voz, que la fotografía la apasionaba.

–Y si eligieras el tema de la familia, ¿fotografiarías a varias familias, no sólo a una?

–¡Exacto! –exclamó ella, alzando la mano para dar una palmada a la de él.

–Eso es muy interesante –dijo él, divertido por el gesto–, pero no explica por qué diriges una casa de huéspedes, en vez de centrarte en la fotografía.

–Es una historia larga y deprimente –lo miró de soslayo–. ¿Seguro que quieres oírla?

–Claro. Yo he sacado el tema, ¿no?

–Huy, espera –dijo ella estrechando los ojos–. Callahan. ¿Te importa que paremos un momento?

–¿Qué es Callahan?

–Una tienda. Tengo que comprar semillas para mis comederos para pájaros.

–Me parece bien –aceptó él, aunque decepcionado por interrumpir una conversación que podría darle muchas pistas sobre su vida.

–Gracias. Así me ahorraré tener que volver después –miró por el retrovisor, cambió de carril y fue hacia el aparcamiento. Apagó el motor y agarró su bolsa–. ¿Quieres entrar?

Él lo pensó y decidió que no había razón para no acompañarla. No parecía haber muchos clientes.

—Sí. Creo que sí.

—¿No vas a quitarte las gafas de sol? —le susurró ella cuando atravesaron la puerta.

—Alguien podría reconocerme —dijo él, moviendo la cabeza negativamente.

Ella alzó los ojos al techo y fue a buscar las semillas. Él observó cómo se alejaba, admirando el bamboleo de sus caderas. No se había equivocado, tenía buenas curvas. Disfrutó de la visión hasta que ella desapareció de la vista; luego decidió explorar un pasillo para ver qué ofrecía la tienda.

El establecimiento le recordó a uno de esos almacenes que salían en las películas del Oeste y vendían de todo, desde aperos para caballos a ropa. Se detuvo junto a un expositor de sombreros texanos y, curioso, agarró uno negro y se lo puso. Contempló su imagen en el espejo que había tras el mostrador.

—Te queda bien —comentó Ali, tras él.

—No uso sombrero —dijo él. Sintiéndose como un tonto, se lo quitó.

—¿En serio? Pues deberías. Sobre todo uno de vaquero. Te da un aspecto muy sexy.

Él la miró dubitativo.

—Lo digo de verdad —insistió—. Te da cierto aire de pistolero. Ya sabes. De los que vacían un bar sólo con atravesar la doble puerta de vaivén.

Conteniendo una sonrisa, él pasó el dedo por el borde del ala del sombrero.

—Tal vez debería comprármelo y llevarlo puesto en mi próxima reunión de junta directiva.

–No haría ningún mal –le quitó el sombrero de la mano y volvió a ponérselo en la cabeza. Lo estudió un momento. Él casi oyó cómo giraban los engranajes de su cerebro.

–Venga –le dijo ella, agarrando su mano–. Si te va la imagen de pistolero, necesitarás vaqueros y botas.

–Estaba bromeando –se resistió él.

–Yo no –tiró de él con impaciencia–. Además, ya sabes lo que dicen. En Roma, haz como…

Garrett descubrió que la mujer era un torbellino cuando se empeñaba en algo. Minutos después lo tenía en el probador, probándose vaqueros, botas y lo que ella llamaba un guardapolvo y que venía a ser una gabardina larga con un abertura en la espalda, para poder usarla montando a caballo.

–¿Aún no estás vestido? –le preguntó impaciente, desde el otro lado de la puerta.

Él cerró la hebilla plateada del cinturón y se miró en el espejo. Dio un respingo al ver cómo cambiaba su aspecto el nuevo estilo.

–Sí –contestó–, ya estoy.

–Pues sal. Quiero verte.

Agarró el sombrero de fieltro negro, se lo puso y salió del probador. Hubo un fogonazo y estuvo a punto de saltar para ponerse a cubierto.

Ali bajó la cámara digital y lo escrutó.

–Vaya –murmuró–, no pareces el mismo tipo.

Él hizo una mueca, avergonzado por haber pensado, durante un instante, que el destello del flash se debía a un disparo.

–Si no estuviera segura, nunca creería que eres Garrett Miller, el empresario archimillonario.

–¿Archimillonario? –moviendo la cabeza, contempló su reflejo en el espejo de cuerpo entero–. ¿Sabes? –musitó, pensativo–. Puede que este atuendo sea justo lo que necesito para no ser reconocido.

–Como he dicho antes, «en Roma haz como...» –Ali estiró la mano hacia la camisa.

–¿Qué haces? –protestó, él, apartándose.

–Arrancar las etiquetas con el precio –lo hizo girar y arrancó la que había en el bolsillo trasero de los pantalones–. No te preocupes –le dijo, recogiendo la ropa que había llevado puesta cuando entró a la tienda–, se las llevaré al dependiente. Así puedes salir luciendo tus nuevas galas y te ahorrarás cambiarte.

Ali se llevó la cámara al rostro con una mano y con la otra dio instrucciones a Garrett.

–Un poco hacia la izquierda. Un poco más. ¡Para! Perfecto –sacó media docena más de fotos y dejó caer la cámara que colgaba de su cuello con una correa–. Ahora vamos a hacer unas cuantas con una bota apoyada en esa roca.

–No soy un maldito modelo –protestó él, dejando caer las manos con frustración.

–No –aceptó ella con voz paciente–. Y yo no soy chófer, pero llevo todo el día recorriendo la ciudad como si lo fuera.

–Un trabajo por el que te pago muy bien –le recordó él.

–Ah, sí. Bueno –arrugó la nariz–. Te diré lo que vamos a hacer. Posa para unas cuantas fotos más y te daré un juego de copias completo, gratis.

–«Unas cuantas fotos» es a lo que accedí hace una hora, cuando empezaste con esta tontería.

–¿Es culpa mía que seas un modelo tan atractivo?

–Los halagos no te servirán de nada –replicó él secamente.

–Vale. ¿Y qué tal esto? Tú me dejas hacerte unas cuantas fotos más y seré tu chófer durante todo el tiempo que estés en la ciudad.

Él arrugó la frente, reflexivo, y después asintió con la cabeza.

–De acuerdo. Trato hecho.

–Bota en la roca –dijo ella, sonriente. Se llevó la cámara al rostro–. Antebrazo apoyado en la rodilla. Ahora, mira hacia el horizonte y pon esa expresión que usas cuando estás pensando intensamente. ¡Fantástico! –exclamó, disparando una y otra vez–. Chico, deberías ver esto. El sol se está poniendo tras tu hombro izquierdo y crea un juego de luces y sombras perfecto en tu rostro. Ahora pon expresión de desamparo –continuó ella–. Ya sabes, como si llevaras meses huyendo de la ley y echaras de menos a la bonita cabaretera que conociste en Dodge City.

–¿Una cabaretera de Dodge City? –echó la cabeza hacia atrás y soltó una carcajada–. Diablos, Ali, ¿de dónde sacas esas ideas?

La transformación de su rostro al reírse casi le hizo dejar caer la cámara, pero consiguió recuperarse y seguir disparando.

–Es parte del trabajo –contestó.

–Deberías ser escritora, no fotógrafa –dijo él, moviendo la cabeza y bajando el pie de la roca. Se dio cuenta de que ella seguía sacando fotos y alzó la mano para que se detuviera–. Déjalo ya, debes haber sacado más de cien fotos –se quejó.

–Tendré suerte si un tercio valen algo –bajó la cámara a regañadientes.

–No has dicho nada de que fueras a vender las fotos –dijo él, inmóvil como una estatua.

–Tranquilo –rió ella–. He sacado las fotos por diversión, no para venderlas. Te servirán para recordar tu viaje a Texas.

–Ah –exclamó él con alivio–. Por cierto –se sentó en la roca y estiró las piernas–, eso me recuerda que ibas a contarme por qué diriges una casa de huéspedes en vez de concentrarte en la fotografía.

Ella recogió su bolsa de lona y fue a sentarse a su lado. Se quitó la cámara del cuello y la guardó en la bolsa.

–¿Estás seguro de que quieres oírlo? Es muy aburrido.

–Si no lo estuviera no habría preguntado.

–Se remonta a cuando dejé la facultad el segundo año y me trasladé a Austin.

–¿Por qué dejaste la facultad?

–Mis padres descienden de un largo linaje de médicos y esperaban que siguiera sus pasos. Que mantuviera la tradición familiar.

–¿Y tú no querías?

–Ni un poco. Lo intenté –se defendió–, pero odiaba todas las asignaturas de ciencias y mis notas lo demostraron. Intenté convencer a mis padres de que me dejaran cambiar de especialidad, pero no me escucharon. Insistían en que no me esforzaba. En que ser médico era una ocupación honorable, casi un deber. Discutimos al respecto todas las vacaciones de Navidad y finalmente les dije que no podían obligarme a ser médico, que estudiaría las asignaturas que yo quisiera.

—¿Y lo hiciste?

—De poco me sirvió —hizo una mueca—. Cuando recibieron la factura de la universidad correspondiente al segundo trimestre y vieron las asignaturas que había elegido, se negaron a pagarla. Como eso no me doblegó, cerraron la cuenta bancaria que habían abierto para pagar mis estudios universitarios y me quedé sin dinero para pagar mi alojamiento y manutención. A cero.

—¿Y cómo acabaste en Texas?

—Claire Fleming. Nos conocimos en la facultad, en primer curso, y nos hicimos muy amigas. Ella sabía que mis padres habían cerrado el grifo y que estaba fatal. Para animarme, me invitó a ir a Austin con ella a visitar a su abuela. No tenía nada mejor que hacer, así que acepté.

Hizo una pausa y agitó una mano.

—Resumiendo, Vista pertenece a la abuela de Claire, Margaret Fleming. Fue un regalo de boda de su primer marido. Por desgracia, él falleció a los pocos años de matrimonio. Varios años después se casó con un magnate del petróleo y se trasladó a Arabia Saudita. No vendió la casa, porque pensaba que eso sería como arrancarse el corazón. Venía de visita varias veces al año y siempre se alojaba en esta casa. Con el paso de los años, disminuyó la frecuencia de sus visitas. Puedes imaginar lo que sucedió con la casa. Lo que no destrozaron los vándalos lo hicieron los insectos. Estaba hecha un desastre. Ella siempre había pensado que Claire querría la casa, pero ella se había enamorado de un australiano y pensaba irse con él a Australia tras graduarse, cosa que hizo. Así que su abuela decidió ver la casa una vez más antes de venderla. Claire iba a reunirse con ella aquí para ayudarla a empaquetar lo que quisiera quedarse. Yo no sabía que Claire y su abuela ya habían decidido ofrecerme la casa, por mi situación.

Alzó una mano para impedir que él interrumpiera.

—Sí, suena demasiado bueno para ser verdad. Yo también lo pensé entonces. Pero Mimi, la abuela de Claire, hablaba en serio. Adoraba la casa, no quería venderla y no necesitaba el dinero. Así que me la ofreció. A cambio sólo me pidió que cuidara y amara la casa tanto como ella.

—Parece un acuerdo perfecto.

—Lo era, sin duda, pero sólo resolvía mi problema de alojamiento. Seguía arruinada y sin trabajo. Mimi, Claire y yo pensamos en cómo podía ganar dinero para cubrir mis gastos y seguir estudiando; se nos ocurrió alquilar habitaciones a estudiantes universitarios. Era perfecto para mí. La casa está relativamente cerca de la universidad, así que nunca me faltaron inquilinos y podía ser selectiva al elegirlos.

—Si eso tuvo tanto éxito, ¿por qué ahora es una casa de huéspedes?

Ella alzó una ceja y lo miró con desdén.

–¿Has vivido alguna vez con una docena de universitarios? –se estremeció, recordando–. Era una locura incluso en los mejores días. No había un ápice de intimidad. Después de licenciarme decidí que quería que la casa fuera más un hogar, menos una residencia universitaria, así que transformé Vista en una casa de huéspedes.

–¿Y a la abuela le pareció bien el cambio?

–Más que bien. De hecho, me regaló la casa.

–¿Te la regaló? –repitió él.

–Creo que se había hecho a la idea de que Claire no iba a quererla nunca, y se negaba rotundamente a que su hijo le pusiera las manos encima, así que me la regaló.

–Te la regaló –repitió él, dudando de su historia. Según su investigación, la única propiedad que estaba a nombre de Ali era su coche.

–Aún no es oficial –aclaró ella rápidamente–. Me lo dijo el verano pasado. Después enfermó de neumonía y falleció justo antes de Acción de Gracias. Tenía una fortuna cuantiosa, así que los abogados tardarán un tiempo en preparar todos los documentos para el juzgado y para transferirme la propiedad.

Miró a su alrededor y la sorprendió descubrir que estaba oscureciendo. Se colgó la bolsa del hombro.

–No me había dado cuenta de que era tan tarde. Será mejor que nos marchemos.

Él se levantó y le ofreció la mano.

Al aceptarla, Ali volvió a sentir la ya familiar descarga eléctrica y se preguntó si él también la sentía.

–¿Has sentido eso? –preguntó.

–¿El qué?
–Una especie de chisporroteo, cuando nuestras manos se tocaron.
–¿Chisporroteo? –él negó con la cabeza–. No, no puedo decir que lo haya sentido.
–¿En serio? –lo miró con sorpresa, arrugó la frente y se frotó la palma de la mano–. Qué raro. Yo lo siento cada vez que nos tocamos.

Capítulo Tres

¿Chisporroteo?

Garrett rezongó mientras se metía en la cama. Más bien era una descarga de cientos de voltios que le recorría el brazo de arriba abajo.

Pero no iba a admitirlo ante Ali. Una cosa que había aprendido en sus treinta y seis años de vida era que no se debían desvelar las debilidades al enemigo.

¿Enemigo?

Arrugó la frente, se puso las manos tras la cabeza y miró al techo, preguntándose si ese calificativo seguía siendo vigente. Si las historias que Ali le había contado ese día eran verdad, parecía más la víctima que el enemigo.

Él que hubiera dejado la universidad del norte y hubiera completado su educación en Texas era cierto. Eso lo había descubierto en su investigación antes de viajar a Austin. Pero no había encontrado nada que indicara que su traslado a Texas se debiera a haber sido desheredada por sus padres. Habría considerado la historia una exageración si no hubiera oído a su propia madrastra describir a sus padres adoptivos como personas frías y sin corazón. Desde el punto de vista de Garrett, lo que los padres de Ali le habían hecho era inexcusable. Unos padres que dejaban a su hija sin dinero, sin trabajo, sin perspectivas…

Movió la cabeza con pesar. Ali había sido muy afortunada al encontrar un hada madrina que la protegiera. Imposible imaginar qué le habría ocurrido si Mimi y Claire no le hubieran ofrecido un lugar donde vivir y los medios para mantenerse a sí misma.

Lo sorprendió la compasión que sentía hacia Ali. Se dijo que debía tener cuidado. Antes de viajar a Austin, había tenido una lista de razones por las cuales despreciarla. No podía permitir que una historia triste lo cegara y le hiciera olvidar el daño que le había causado a su madrastra o lo distrajera del propósito que lo había llevado a su casa.

Aunque su vida se pareciera a la de Cenicienta, él no era ningún Príncipe Azul dispuesto a entrar en escena y rescatarla.

Si acaso, había ido allí a destruirla.

Para demostrarlo, agarró su teléfono móvil y marcó el número de su abogado.

–Eh, Tom. Soy Garrett. Siento llamarte a casa y tan tarde, pero quiero que investigues algo. Necesito información sobre una mujer llamada Margaret Fleming. Su última dirección conocida fue en Arabia Saudita, pero tiene una propiedad en Austin, Texas.

Escuchó la pregunta de Tom y contestó.

–No, esto no tiene que ver con la expansión de Conceptos de Futuro. Es algo… personal. La mujer falleció en noviembre. Quiero saber quién heredó la casa que posee en Austin.

Charló unos minutos más, después cortó la comunicación y se acomodó en la cama.

Satisfecho, pensó que, aunque Ali no lo supiera, era muy posible que le hubiera dado el «precio» que necesitaba para obtener su cooperación. Era obvio que adoraba la casa, y Garrett habría apostado sus acciones mayoritarias en Conceptos de Futuro a que no era su propietaria.

Él lo sería antes de que acabara el mes.

Tras hacer de chófer para Garrett durante tres días, Ali había decidido dos cosas sobre su huésped. Tenía más cambios de humor que una mujer embarazada y era el hombre más impaciente que había conocido en su vida.

La mayoría de la gente aprovecharía para relajarse mientras viajaba en coche. Pero no Garrett. El hombre no podía desperdiciar un segundo de su precioso tiempo. En ese momento, tenía su BlackBerry en la mano y consultaba su correo electrónico, una tarea que había realizado al menos cuatro veces en lo que iba de día. ¡Eran casi las diez de la noche! Se preguntó si su correspondencia sería tan importante como para consultarla incluso de noche.

Ali vio los pilotos traseros y redujo la velocidad para acoplarse al lento avance de la larga fila de coches que había ante el suyo.

–Oh, oh.

–Oh, oh, ¿qué? –preguntó Garrett, alzando la vista de su BlackBerry–. ¿Por qué te has parado?

–Obras –dijo ella indicando el atasco con la cabeza–. Había olvidado que sólo dejan un carril de la autopista abierto por la noche, para poder trabajar cuando hay menos tráfico.

Él hizo una mueca, cerró su agenda electrónica y sus dedos tamborilearon impacientes sobre el salpicadero. Tras cinco minutos parados, maldijo.

–¡Diablos! Esto es ridículo. Debe haber alguna ruta alternativa.

–No la hay –negó ella–. Incluso si la hubiera, no habría forma de abandonar la autopista ahora –miró por el retrovisor la larga fila de coches que había tras ella–. Estamos atrapados.

Él frunció el ceño aún más. Los pilotos de los coches de delante empezaron a apagarse, indicando que los conductores se habían resignado al parón y apagaban los motores. Ali hizo lo propio, pero dejó la radio encendida.

–¿Por qué has apagado el motor?

–No tiene sentido malgastar gasolina –dijo ella recostándose en el asiento y poniéndose cómoda–. Estos parones pueden durar media hora o más.

–¡Media hora!

–¿No podrías relajarte? –rió ella–. Un pequeño retraso no va a matarte.

Él la fulminó con la mirada y luego observó el tráfico parado. Decidiendo que el hombre necesitaba una distracción, Ali buscó una emisora de antiguos éxitos musicales y subió el volumen de la radio al máximo.

–¿Qué diablos haces? –gritó él, tapándose las orejas con las manos.

–Provocar una distracción –replicó ella. Abrió la puerta y bajó del coche. Lo rodeó, abrió la del pasajero y agarró su mano.

–Vamos, Garrett. Están tocando nuestra canción.

–¿Qué? –la miró confuso mientras ella casi lo sacaba a tirones del coche.

–Música. Baile. ¿Entiendes? –se puso las manos en las caderas y resopló con disgusto–. No me digas que no sabes bailar.

–Sí que sé.

–Entonces baila conmigo –dijo ella, poniendo una mano sobre su hombro y acercándose.

Garrett miró con inquietud los coches que los rodeaban, convencido de que todos los miraban y se reían de ellos.

–Esto es ridículo –farfulló.

–No –corrigió ella–. Es espontáneo. Divertido. En tu vida la diversión brilla por su ausencia.

Seguramente podría haberse resistido y vuelto al coche, si ella no hubiera apretado el cuerpo contra él y empezado a balancearse al ritmo de una canción melódica de los Righteous Brothers.

Inconscientemente, él empezó a moverse, siguiendo el ritmo. Un momento después, bailaban lentamente alrededor del coche. Más tarde agradecería la oscuridad, el que los faros estuvieran apagados y se maldeciría por haberse expuesto a la vista pública y ponerse en peligro. Pero en ese momento sólo podía pensar en lo bien que se amoldaba el cuerpo de Ali al suyo, la naturalidad con la que se movían y lo libre que se sentía bailando en medio de una autopista ante cientos de personas.

La canción concluyó y él se detuvo lentamente. En vez de soltarla, volvió la cabeza hacia su cabello, con plena consciencia de los puntos en los que sus cuerpos se tocaban. Sintió que a Ali se le aceleraba la respiración y que sus dedos temblaban entre los suyos. Deslizó los labios sobre su cabello y los llevó hacia su boca. El placer, el sabor, lo golpeó como un puñetazo en el estómago; inesperado y violento.

Sus labios le parecieron almohadones de satén, su sabor un afrodisíaco que recorrió su sangre como una llamarada. Una parte de él sabía que debía detenerse, que besarla era un error, que se arriesgaba a dar al traste con la misión que lo había llevado a Austin. Pero no podía parar. Hizo falta el pitido impaciente de un claxon para que apartara la boca de la suya. Escrutó sus ojos y vio en ellos el mismo fuego que le quemaba las venas.

Ali fue la primera en moverse. Dio un paso atrás y se arrebujó en la chaqueta.

—Eh, parece que se reinicia la marcha —dijo.

Él miró los coches; los pilotos se encendían y los motores arrancaban.

—Sí —dijo, preguntándose qué le había ocurrido—. Salgamos de aquí.

Ali no sabía qué le había ocurrido a Garrett durante la noche para ponerlo de tan mal humor, pero si era culpa del beso que habían compartido en la autopista, más le valía superarlo.

Al menos tenía la esperanza de que lo hiciera.

Lo miró de reojo. ¿Quién habría imaginado que fuera capaz de besar así? Ella no, desde luego. En un parpadeo, había convertido un baile callejero espontáneo en un festín de lujuria..., sin tener que esforzarse lo más mínimo.

Ella había creído que el chisporroteo que sentía cuando se tocaban era increíble. ¡Ja! Era menos que nada comparado con la descarga que había sentido cuando sus labios tocaron los de ella. Soltó el aire lentamente, sólo con recordarlo le entraban ganas de aparcar en el arcén y saltar sobre él.

Volvió a mirarlo, preguntándose por qué él no parecía afectado. Desde que había bajado a desayunar, no había dejado de fruncir el ceño. En cuanto a conversación… No la había habido. Llevaban conduciendo toda la mañana y él se había limitado a decirle que girara a la derecha, o a la izquierda, sin dar la más mínima indicación de dónde quería ir ni qué buscaba.

Con respecto al beso… no había dicho ni una palabra.

Apretó los labios. Si ése era su juego, jugaría; también podía simular que no había sucedido.

–Tal vez si me dijeras qué tipo de propiedad te interesa –apuntó–, podría serte más útil.

–Un mínimo de cuatrocientos cincuenta metros cuadrados, preferiblemente más –dijo él, sin alzar la vista del monitor de su GPS.

–¿Qué me dices de la accesibilidad a transporte público? –preguntó ella, con la esperanza de acotar un poco los parámetros–. ¿No tendría importancia a la hora de construir?

–No necesariamente.

–Fantástico –masculló ella entre dientes–. Otro empresario irresponsable que incrementará los ya crecientes problemas de tráfico de Austin.

–No soy irresponsable –dijo, mirándola.

–Si construyes en un lugar sin acceso al transporte público, lo eres –afirmó ella–. Incrementarías el tráfico y eso me parece una irresponsabilidad.

–Para tu información, tengo en cuenta el efecto que ejerce mi negocio en el tráfico de una ciudad, así como en su entorno –aclaró él, apagando el GPS.

–¿De qué manera? –lo retó ella, dudando que tuviera en cuenta nada que no fueran los beneficios cuando tomaba decisiones sobre su empresa.

–En nuestras oficinas de la Costa Este ofrecemos un servicio de minibús desde distintos puntos de la ciudad. Los empleados que utilizan el minibús y los que van en coche con un mínimo de otros dos empleados, reciben una compensación monetaria por su esfuerzo. Si construyo un complejo en Austin, seguiré la misma política.

–¿Si construyes? –repitió ella–. Creí que lo de construir aquí ya estaba decidido.

–Sólo si encuentro el emplazamiento adecuado.

–Ah.

–Sí. Ah.

–¿Por qué estás de tan mal humor? –preguntó ella, harta, apretando las manos sobre el volante.

–No estoy de mal humor –contestó él, dejando el GPS en el suelo del coche.

–Pues desde luego lo pareces –alzó una mano–. No, espera. Olvidaba que esa expresión adusta es la habitual en ti.

–¿Estás intentando irritarme a propósito? –la taladró con la mirada–. Porque si es el caso, lo estás consiguiendo.

«Se acabó», pensó ella airada. Desvió el coche hacia un lateral. No iba a aguantar su actitud amargada ni un minuto más. Puso el freno de mano y giró en el asiento para mirarlo.

–No intentes culparme de tu mal humor –advirtió–. Ya estabas gruñón cuando salimos de casa esta mañana.

–Tal vez si consiguiera dormir bien una noche, estaría de mejor humor –le devolvió él.

–¿Y que no duermas es culpa mía?

–Lo es si eres la responsable de haber puesto ese horrible colchón en la cama.

–¡Ese colchón no tiene nada de malo! –lo miró boquiabierta–. Es de primera, y casi nuevo.

–Se hunde hacia un lado.

–¡Pues duerme en el otro! Mejor aún, duerme en otra cama. Has reservado toda la casa. Elige otra cama.

–Muy bien. Quiero la tuya.

–¿Qué? –exclamó ella.

–Quiero la tuya. Has dicho que podía elegir.

–¡No me refería a la mía!

–¿Por qué no? Has dicho que podía elegir.

–Entre las habitaciones que has alquilado –aclaró ella.

–Demasiado tarde. Has dicho que podía elegir y elijo tu cama.

–Si quieres dormir en otra habitación de la planta superior, perfecto –dijo ella, armándose de paciencia–. Has pagado por el derecho de dormir donde te venga en gana.

–Desde luego que sí –corroboró él–, y elijo dormir en tu cama.

Ella iba a contestar, pero cerró la boca y estrechó los ojos, mirándolo con suspicacia.

–Estás evitando el auténtico tema, ¿verdad?

–¿Y cuál se supone que es?

–Haberme besado anoche. Pues deja que te diga algo, amigo –siguió antes de que pudiera interrumpirla–. No fue nada importante. ¿De acuerdo? Por lo que a mí respecta, está olvidado. Concluido. Finiquitado. Nunca ocurrió.

–Ah, ¿en serio?

–Sí, en serio. Yo…

Antes de que pudiera decir más, la boca de él apagó sus palabras. Y ese beso no empezó con suavidad. La besó con fuerza, obligándola a apoyar la cabeza en el respaldo y haciendo que su pulso se desbocara. Percibió el calor y la ira que lo consumían. Pero un segundo después los labios se ablandaron y empezaron a acariciar los suyos de forma seductora y lenta, quitándole el aire. Después, mordisqueó su labio inferior y se apartó. Ella abrió los ojos y descubrió que volvía a estar en su asiento, con la vista clavada en el parabrisas.

–Vamos a ver los alrededores de Bastrop.

–¿Bastrop? –lo miró fijamente, preguntándose si se había imaginado la escena.

–Sí. Por lo que he visto en el mapa, está cerca de Austin, pero lo bastante lejos como para que las parcelas aún se vendan por hectáreas, en vez de por metros cuadrados.

Ella se enderezó y arrancó el coche, con la mano levemente temblorosa. Tenía que demostrarle que el beso la había afectado tan poco como a él.

—Bastrop es un pueblo bonito. Mucha historia y bellas casas antiguas. Imagino que los impuestos son más bajos que los de Austin, y eso favorecería a tu empresa y a los empleados que optaran por vivir allí.

—Aparca —señaló un área de descanso que había unos metros más adelante—. Compraré un periódico para ver qué hay en venta.

Ella entró a la zona de aparcamiento y se acercó al dispensador de periódicos, con el pulso casi normal.

—¿No sería más sencillo llamar a un agente inmobiliario?

—Lo sería —aceptó él, bajando del coche—. Mejor aún, ¿por qué no alquilo un tablón de anuncios y proclamo al mundo entero que busco terreno aquí? —farfullando entre dientes, cerró con un portazo y fue hacia el dispensador de periódicos.

«Imbécil», pensó ella con resentimiento, viéndole meter monedas por la ranura. Su paranoia de mantener su presencia en Austin en secreto empezaba a cansarla. Entendía que empresarialmente hablando lo sensato fuera la discreción, pero pensaba que estaba llevando el asunto demasiado lejos. Nunca salía de casa sin ponerse unas estúpidas gafas de sol. Y antes, cuando ella había parado en un local de comida rápida para pedir unos refrescos, se había encogido en el asiento y había girado la cabeza, como si temiera que alguien fuera a reconocerlo. Era una locura. ¡No era más que un empresario! Antes de que él llegara a Vista no lo habría mirado dos veces si se lo encontrara por la calle.

Por desgracia, en ese momento él se dobló para sacar un periódico, ofreciéndole una panorámica de su bien formado trasero, y se le secó al boca. Se lamió los labios y admitió que tal vez sí lo habría mirado una segunda vez. Pero no lo habría reconocido. Y si lo hubiera hecho, no habría pensado que estaba en Austin para comprar terreno. Habría supuesto que estaba de vacaciones o de paso. Su manía con el secretismo era ridícula.

Él entró al coche de pronto y cerró la puerta.

–¡Arranca!

–¿Disculpa? –ella parpadeó con sorpresa.

–Creo que el tipo que estaba poniendo gasolina al coche me ha reconocido.

–¿Y?

–Y quiero que salgas de aquí pitando –gritó él.

Ella pisó el acelerador y se reincorporó a la carretera.

–¿Nos sigue? –preguntó él.

Ali miró por el retrovisor y vio que la furgoneta estaba, efectivamente, detrás de ellos.

–No sé si nos sigue, pero está detrás de nosotros.

–Acelera.

Aunque no sabía si el coche de alquiler que conducía podía superar en velocidad a la furgoneta, pisó el acelerador.

–¿Sigue ahí? –preguntó él.

–Sí. A unos quince metros.

–Ve más rápido.

–¿Estás loco? –le lanzó una mirada–. Ya voy a treinta kilómetros por encima del límite de velocidad.

–¡Pues que sean cincuenta! Líbrate de él.

Ella echó otro vistazo al espejo retrovisor.

–Oh, oh –murmuró, levantando el pie.

–¿Qué haces? –gritó él–. He dicho que aceleres, ¡no que reduzcas!

–No sé qué significan unas luces rojas girando donde tú vives –dijo ella–. Pero en Texas sugieren que te vayas a un lado y pares el coche.

–Oh, diablos –gruñó él, mirando por la ventana trasera–. Podías haberme avisado de que la policía de tráfico utiliza coches no oficiales.

–¿Y estropearte la diversión? –contestó ella con dulzura. Paró, bajó la ventanilla y saludó al hombre que se acercaba al coche–. Buenos días, agente.

–Buenos días, señora –se llevó un dedo al ala del sombrero, como saludo–. ¿Hay alguna razón para que condujera a sesenta kilómetros por encima del límite de velocidad?

–Sólo una –contestó ella, apuntando a Garrett con el pulgar–. Él.

Garrett siseó entre dientes. Después se quitó las gafas de sol y se inclinó por encima de Ali para mirar al policía.

–Ha sido culpa mía –admitió–. No sabía que era un agente de policía.

–Ah –asintió el patrullero–. Así que el exceso de velocidad es aceptable, si la ley no está cerca.

–No, no, no –replicó Garrett, frustrado–. No quería decir eso, en absoluto. Estaba comprando un periódico y vi que me observaba. Pensé que me había reconocido, y le dije a Ali que se librara de usted.

–¿Por qué no lo empeoras aún más? –farfulló Ali.

Garrett la taladró con la mirada y luego volvió a dirigirse al agente.

—Soy Garrett Miller —dijo, como si eso lo explicara todo.

—¿Qué? —el policía miró a Ali—. ¿Es una estrella del rock o algo así?

Ali se mordió el labio para controlar una carcajada.

—No, señor. Es el propietario de Conceptos de Futuro, una empresa informática.

El agente la miró desconcertado y ella, encogiéndose de hombros, miró a Garrett.

—Ahora te toca a ti —dijo.

—No tiene gracia —rezongó Garrett, dejándose caer en el sofá.

—No —corroboró Ali, haciendo lo posible por ocultar su sonrisa—. Pero si hubieras visto tu cara cuando el agente Wilhelm te dijo que pusieras las manos sobre el capó, con los dedos abiertos… —soltó una risita, incapaz de controlarse—. ¡Eso tuvo gracia!

—Me alegra que te pareciera gracioso —cruzó los brazos sobre el pecho, indignado—. Que me traten como a un criminal no me divierte en absoluto.

—Pensé que te sentirías aliviado —replicó ella, abriendo los ojos con inocencia simulada—. Le contaste todo sobre ti, excepto tu color favorito de calzoncillos, y él siguió sin tener la menor idea de quién diablos eras.

—No, pero en la comisaría reconocieron mi nombre.

—Eso es lo único que te libró de un paseo en el asiento trasero de un coche patrulla —apuntó ella.
—Estás disfrutando con esto, ¿verdad?
—Ajá —admitió ella, sonriente.
—¿Por qué?
—¿La verdad? Porque creo que te das demasiada importancia.
—Ya, claro —él enarcó una ceja.
—Sí, claro. Necesitas relajarte. Olvidar que eres archimillonario por una temporada. Divertirte un poco, para variar.
—No tienes ni idea de cómo es ser lo que soy —rezongó él.
—Aparte de aburrido, no, tienes razón.
—¿Aburrido? —él se levantó y apretó la mandíbula con ira—. Deja que te explique cómo es ser yo —dijo, inclinándose hacia ella—. El dinero atrae a la gente, y eso incluye a timadores y locos. Y, a diferencia del amable agente de esta mañana, la mayoría de la gente reconoce mi nombre, si no mi rostro, y eso me causa problemas. Por culpa de mi éxito, hace años que no puedo utilizar un vuelo comercial. Ni siquiera puedo ir al cine, o a un restaurante, sin llamar la tención. Las pocas veces que acudo a un lugar público, tengo que llevar guardaespaldas, por si algún lunático decide secuestrarme para pedir rescate.

La miró con fijeza y se acercó a ella antes de seguir hablando.
—En cuanto a la diversión, a no ser que la empaqueten y entreguen para que pueda disfrutarla en la intimidad de mi hogar, no existe. Frecuentar lu-

gares públicos es una libertad que perdí el día que gané mi primer millón.

Para cuando acabó su discurso, su nariz casi tocaba la de Ali, que percibía la calidez de su aliento.

–Yo…, no lo sabía –tartamudeó ella.

–La mayoría de la gente no lo sabe. Envidian mi éxito, incluso intentan emularlo, pero no saben lo que ese éxito me ha costado ni lo que les costaría a ellos si lo obtuvieran –desvió el rostro, ocultando una sonrisa–. Pero tú lo descubrirás muy pronto.

–¿Qué quieres decir? –preguntó ella, tensándose.

–Nuestro buen amigo, el agente Wilhelm, dio su palabra de que no le diría a nadie que me había visto, pero apuesto lo que quieras a que lo hace. O lo hará el agente de la comisaría al que llamó. Y si uno de ellos dice algo, los medios de comunicación aparecerán mañana.

–¿Aquí? –preguntó ella, atónita.

–Aquí y donde quiera que vayamos. Los sabuesos de la prensa son como las pulgas en un perro: irritantes como el diablo, pero una plaga de la que es casi imposible librarse.

Ali paseaba por el salón, mirando de vez en cuando por las rendijas de las persianas, que había bajado. Por el momento, todo iba bien; no había un alma ni un coche a la vista.

Confiando en que el agente Wilhelm hubiera cumplido su palabra, o en que Garrett hubiera exagerado su importancia, lo que le parecía más probable, abandonó la vigilancia y fue a la cocina por algo de beber.

–Voy a servirme una copa de vino –gritó hacia la salita de estar–. ¿Quieres una?

–Sí, por favor.

Llenó dos copas y las llevó a la sala de estar. Le dio a Garrett su copa y echó un vistazo a la pantalla de televisión.

–¿Qué estás viendo?

–El concurso Jeopardy.

Ella pensó que era muy adecuado y se sentó en el sofá, junto a él.

–¿Quién va ganando? –preguntó.

–El tipo de la izquierda. Están a punto de empezar con la ronda de dobles preguntas, y eso podría darle la vuelta al asunto.

En ese momento llegaron los anuncios y él empezó a pasar de canal en canal con el mando.

–¿Tienes algo en contra de los anuncios? –preguntó ella, frustrada.

–¿Aparte de que sean una pérdida de tiempo? –movió la cabeza–. No, nada en concreto.

–Tú haces publicidad –le recordó ella.

–Algo.

–Hipócrita.

–¿Por qué? ¿Por negarme a ver anuncios aburridos?

–Es publicidad… –abrió la mano hacia él.

–La responsabilidad del departamento comercial es atraer la atención del consumidor. Si fracasa… –volvió a pulsar una tecla del mando a distancia–, …cosa que no ocurre con los anuncios de mi empresa, cambio de canal hasta que encuentro algo que me llama la atención. Como eso –dijo, dejando el mando en la mesa.

¿Un informe de Bolsa? –ella se abanicó con la mano–. Por favor. No creo que pueda soportar tanta excitación.

–¿Por qué no vuelves a vigilar la calle, por si llegan reporteros? –sugirió él, con el ceño fruncido.

–No hay nadie ahí fuera –dijo ella, alzando pantorrillas y pies al sofá y recogiéndolos a un lado mientras tomaba un sorbo de vino.

–Mañana habrá.

–Alucinas. Aquí no vendrán reporteros.

–¿Quieres apostar?

–De hecho, sí.

–Pues van quinientos a que estarán aquí por la mañana.

Ella lo pensó y luego negó con la cabeza.

–Una apuesta demasiado alta para mí.

–Vale, si no quieres apostar dinero, acepto fotografías de un valor equivalente.

–De acuerdo –aceptó ella un momento después, ofreciéndole la mano–. Trato hecho.

Él aceptó la mano, que utilizó como apoyo para ponerse en pie.

–Prefiero las fotos de paisajes a las de gente.

–Estás seguro de que vas a ganar, ¿no? –lo miró enarcando una ceja.

–Cuando es cosa hecha, me permito ese lujo –le guiñó un ojo y se dio la vuelta.

–¿Dónde vas? –preguntó ella

–A la cama.

–¡Espera un minuto! –gritó ella, siguiéndolo–. Por ahí se va a mi dormitorio.

–Lo sé. ¿Recuerdas? Elegí dormir en tu cama esta noche.

–¡No vas a dormir en mi cama!

–Sí –dijo él, abriendo la puerta que conducía a sus aposentos privados.

Ella corrió tras él, rezando por no haber dejado a la vista ropa interior ni nada que pudiera avergonzarla.

–Garrett, en serio –suplicó–. Puedes dormir en la cama que quieras. Excepto en la mía.

Él se sentó al borde de la cama y dio un par de botes, como si quisiera probar el colchón.

–Prefiero ésta –dijo. Se puso en pie y se quitó el suéter por la cabeza.

Ali clavó la mirada en su pecho desnudo. Sintió una oleada de calor subir por su cuello, no había imaginado que pudiera tener un aspecto tan sexy. Había estado contra su pecho la noche anterior, cuando se besaron, pero ambos llevaban chaqueta y la de él había ocultado por completo lo que resultaba ser un cuerpo musculoso y en forma.

–Tú ganas –consiguió decir. Fue hacia el cuarto de baño–. Iré por mis cosas.

Agarró el pijama y el cepillo de dientes y volvió a salir, teniendo cuidado de mirar al frente, por si acaso había terminado de desvestirse mientras ella estaba en el cuarto de baño. Ya en el pasillo, agarró el pomo para cerrar la puerta.

–¿Ali?

–¿Qué? –contestó ella, sin atreverse a volver la cabeza.

–Como disfrutaste tanto besándome, he pensado que tal vez también te gustaría dormir conmigo.

Ella tensó la mandíbula, dio un manotazo al interruptor de la luz, apagándola, y cerró la puerta a su espalda.

No estaba segura del todo, pero habría jurado que lo oyó reírse mientras ella iba hacia la salita.

«Un tanto para el equipo visitante», pensó Garrett, riéndose, mientras se metía en la cama. A juzgar por la rápida salida de Ali, tras su comentario sobre dormir con él, se había vengado con éxito por lo mal que ella se lo había hecho pasar riéndose de su encontronazo con la ley y el agente Wilhelm.

Ahuecó la almohada y se tumbó, preguntándose dónde dormiría ella. Había muchas camas vacías para elegir, incluyendo la que había utilizado él antes de reclamar la de ella. Había culpado al colchón que se hundía de su insomnio. Pero la falta de sueño no se debía al colchón.

Se debía a la casera de Vista.

Su sonrisa se borró. No había pretendido que sucediera algo así, había hecho lo posible por evitarlo, pero era verdad.

Ali Moran se había metido bajo su piel.

Todo había empezado con las historias sobre su pasado, que le habían hecho comprender que era más víctima que enemiga, y pronto se había convertido en una atracción física que crecía por momentos.

Aplastó una almohada sobre su rostro para ahogar un gruñido. Ardiendo de frustración, se preguntó qué diablos iba a hacer. Había llegado a Austin dispuesto a despreciarla, a arruinarla si era necesario y sólo podía pensar en acostarse con ella. Era la hija de su madrastra, ¡por Dios santo!

Se dijo que podía manejar la situación. Sólo era cuestión de reenfocar sus objetivos y mantenerse a una distancia respetable de ella. Había mantenido la objetividad en situaciones más duras que ésa. Inspiró con fuerza para convencerse.

Y comprobó de inmediato que se equivocaba. La bocanada de aire inundó sus sentidos con el aroma de ella, llenando su mente de imágenes. Ella tumbada en esa cama. Los dos juntos. Su cuerpo desnudo rodeando el de él como una enredadera.

Gruñendo, se puso boca abajo y enterró el rostro en la almohada.

–Céntrate –se ordenó–. Céntrate en tu maldito objetivo.

Llamaría a su abogado al día siguiente. Comprobaría si Tom había descubierto quién tenía la propiedad de Vista. El conocimiento era poder, y necesitaba poder para mantener la balanza inclinada hacia su lado… y para que su mente se centrara en su objetivo en vez de en la bonita casera de Vista.

Ali entró de puntillas en su dormitorio y se acercó a la cama con cautela. No quería despertar a Garrett, ni estar en la misma habitación que él tras su comentario sobre dormir juntos, pero prefería ambas cosas a llamar a la policía.

Se inclinó y tocó su hombro. Un segundo después, estaba tumbada de espaldas en la cama, él sentado sobre ella con el puño en alto, como si fuera a golpearla.

–¡Garrett! ¡Soy yo! ¡Ali!

Él parpadeó y se quitó de encima, maldiciendo.

–¡Diablos, Ali! No vuelvas a acercarte así, por sorpresa.

–No te preocupes, no lo haré –contestó ella, mirándolo intranquila y sentándose.

–Perdona –giró el cuerpo para encender la lamparita de noche y se recostó en el cabecero–. No te he hecho daño, ¿verdad?

–No. Pero me has asustado mucho –comprendiendo la agilidad y destreza que requería hacer un movimiento tan rápido, lo interrogó–. ¿Dónde aprendiste a hacer eso?

–Cursos de defensa personal –la miró de reojo–. Cuando se reciben tantas amenazas de muerte como he recibido yo, hay que tomar precauciones.

–¿Amenazas? –repitió ella.

–Sí, amenazas –afirmó–. ¿Se puede saber qué hacías entrando así en mi habitación?

–Te recordaría que es mi habitación, pero tenemos cosas más importantes de las que preocuparnos.

–¿Cuáles?

–Los hombres que hay fuera.

Él se levantó de un salto y corrió a mirar por la ventana.

Verlo de pie, cubierto sólo por unos calzones de seda negra casi consiguió que ella olvidara a los hombres que había visto merodeando afuera.

Casi.

–No se ven desde aquí –le dijo–. Están en la parte delantera. En el lado de la calle de la pared rocosa.

Él volvió a la cama y apagó la lámpara, sumiendo la habitación en la oscuridad.

–¿Qué haces? –gritó ella.

–Shh –susurró él, poniéndole una mano sobre la boca–. No deben saber que estamos despiertos.

–¿Por qué no? –apartó su mano.

–Si creen que estamos dormidos y desconocemos su presencia, con suerte se quedarán ahí y esperarán a que amanezca para acercarse a la casa.

–¿No habías dicho que no los querías aquí? –preguntó ella, confusa.

–Y no los quiero –apoyó los codos en las rodillas y la cabeza en las manos–. Tenemos que pensar en una forma de salir de aquí sin que nos vean.

–¿Nos? ¿Te refieres a ti y a mí? –movió la cabeza negativamente–. Lo siento, amigo. Pero no pienso ir a ningún sitio contigo.

–No tienes otra opción.

–Tengo muchas opciones –lo informó ella–. Y la más obvia es quedarme aquí, en mi casa.

–No puedes. Ya no es segura –dijo él con voz sombría que a ella le heló la sangre.

–¿Qué quieres decir con que no es segura? Estamos hablando de hombres con cámaras fotográficas, no metralletas.

—Debo confesarte algo –dijo él, titubeante–. No fui completamente sincero sobre por qué quería mantener mi estancia aquí en secreto.

—Odio las confesiones a medianoche –gimió ella.

—Me han amenazado de muerte.

—¿Alguien quiere matarte? –ella alzó la cabeza y lo miró fijamente.

—Eso parece.

—Pero… ¿por qué?

—Si lo supiera, seguramente sabría quién quiere matarme.

—¿Y crees que quienquiera que sea podría estar delante de mi casa ahora mismo?

—No. Estoy bastante seguro de que afuera sólo hay fotógrafos. Pero una vez desvelen mi presencia aquí, te aseguro que la persona que me amenaza vendrá a buscarme.

Ella lo miró fijamente, intentando comprender lo que estaba diciendo, después levantó la mano.

—Un momento. Que alguien quiera verte muerto no implica que yo esté en peligro.

—Me temo que sí. Si viene aquí y no me encuentra, puede que te lleve a ti.

—¿A mí? –ella se tragó una risa–. ¿Quién iba a quererme a mí? –dijo con sorna.

—Él, si opina que eres importante para mí.

—¿Insinúas que podría utilizarme como rehén? –el corazón le dio un vuelco y luego se desbocó.

—Es posible, y es un riesgo que no estoy dispuesto a correr.

—Oh, Dios mío –musitó ella. Rememoró imágenes de todas las noticias y películas que había visto relacionadas con rehenes. Ninguna era agradable–. ¿Qué vamos a hacer?

–Vamos a salir de aquí –bajó de la cama y se puso los pantalones vaqueros–. Voy a subir a recoger mis cosas y hacer algunas llamadas telefónicas. Tú también tendrás que preparar una bolsa. Ropa suficiente para un par de semanas.

–¡Un par de semanas! –exclamó ella–. No puedo irme un par de semanas.

–Con suerte, no será necesario. No enciendas luces –le advirtió, yendo hacia la puerta–. No queremos que sospechen que planeamos algo.

Garrett subió los peldaños de la escalera de dos en dos y luego corrió hacia el dormitorio. Salir de Austin era imperativo, pero el problema era dónde ir. No podía llamar a su avión privado. Su piloto tardaría demasiado tiempo en llegar a Texas. El transporte público no era opción, porque incrementaba su visibilidad. Eso implicaba buscar un sitio cercano donde ocultarse unos días, donde a nadie se le ocurriera buscarlo.

Sólo conocía un lugar que cumpliera esas características: el rancho del hijo de su madrastra.

Maldiciendo, paseó por la habitación. No quería llamar a Jase. Telefonear implicaría explicar dónde estaba y por qué. Su madrastra les había hecho prometer que no buscarían a Ali, que respetarían su deseo de intimidad y la dejarían en paz.

Pero él no había prometido nada. Jase y su padre, Eddie, sí habían hecho esa promesa.

Librándose así de cualquier sentimiento de culpa por su actos, sacó el teléfono móvil y buscó el número del domicilio de Jase en la agenda.

La esposa de Jase, Mandy, contestó al segundo timbrazo.

—¿Hola? —murmuró, adormilada.

—Mandy, soy Garrett.

—Eh, Garrett —dijo ella con sorpresa—. ¿Qué haces llamándome en mitad de la noche?

—Estoy metido en un lío. ¿Está Jase?

—Está en Washington, visitando a su madre. ¿No lo has visto?

—No, y necesito su ayuda.

—Llámalo a casa de Barbara. Estoy segura de que hará lo que sea por ayudarte.

—No puedo llamar a casa de Barbara —contestó él, frustrado—. Tendrás que ayudarme tú.

—Sabes que haré lo que pueda, pero ¿no tendría más sentido llamar a Jase, dado que está en Washington y yo estoy en Texas?

—De eso se trata. Yo también estoy en Texas.

—¿Qué? —gritó ella—. ¿Dónde?

—En casa de Ali Moran.

Un tenso silencio siguió a la afirmación.

—¿Estás en casa de Ali?

—Sí. Te lo explicaré después, pero necesitamos un sitio donde escondernos un par de días. Esperaba que nos dejases ocupar una de las cabañas para cazadores.

—Por supuesto —afirmó ella. Hizo una pausa—. ¿Sabe Ali que eres el hijastro de Barbara?

—No, y tienes que prometerme que guardarás el secreto.

—¿Seguro que sabes lo que estás haciendo? —preguntó ella, dubitativa—. Barbara os hizo prometer a los tres que dejaríais a Ali en paz.

Él sintió un pinchazo de remordimiento, pero lo rechazó rápidamente.

—Jase y Eddie lo prometieron. Yo no prometí nada.

—Eso es hilar muy fino, ¿no crees?

—Podemos discutirlo después, ¿vale? Ahora mismo necesito que salgamos de Austin.

—De acuerdo. Pero cuando Barbara se entere de esto, pienso señalarte con todos los dedos de las dos manos, amigo. ¿Entendido? No voy a arriesgarme a discutir con mi suegra para salvarte el trasero, por bonito que sea.

La siguiente llamada de Garrett fue al jefe de seguridad de su empresa.

—Joe, soy Garrett. Tenemos un problema.

Capítulo Cuatro

El plan de huida que diseñó Garrett incluía todos los medios de transporte, excepto el aéreo. Y seguramente se lo habría planteado, si Ali o él supieran volar.

La aventura comenzó en tierra, con ellos bajando a escondidas hasta el muelle y subiendo a un barco de remos que Ali tenía para uso de los huéspedes. Iluminados sólo por la luna, remaron hasta el otro lado del lago y atracaron a la altura del hotel Hyatt Regency. Desde allí, fueron en taxi al aeropuerto, donde Garrett insistió en que Ali alquilara el coche, alegando que si lo hacía él dejaría una pista muy fácil de seguir.

Tras meter el equipaje en el coche, salieron de Austin, con Ali al volante. Ella había creído que él insistiría en conducir, incluso se lo sugirió, pero él le recordó que ella había alquilado el coche como única conductora. Ali habría estado dispuesta a pasar por alto esa legalidad a cambio de dormir un poco. Pero Garrett no.

Aunque le preguntó varias veces sobre su destino, sólo había conseguido sacarle que se alojarían en una cabaña de caza de un amigo.

—Tengo la sensación de estar haciendo un rompecabezas en el que hay que unir los puntos para obtener una imagen —dijo ella con cansancio, mientras salía de la autopista–. Gira aquí, gira allí. Recto. Al menos podías decirme si falta poco.

–Casi estamos allí. Sigue conduciendo hasta que veas una flecha de madera a la derecha, que dice *Cabañas de caza*.

–¿Estás seguro de que esa gente nos espera? –preguntó ella, intranquila–. Son las cuatro de la mañana. No quiero que alguien me pegue un tiro, pensando que soy una intrusa.

–Saben que venimos.

–¿Has estado aquí antes?

–Una vez –señaló hacia delante–. Ahí está la señal.

Ali giró y los faros iluminaron un carretera que era poco más que un sendero.

–Ahora entiendo por qué insististe en que alquilara un todoterreno.

–No tendría sentido esconderse, si el escondite fuera fácilmente accesible.

–Yo ni siquiera debería estar escondiéndome –dijo ella, petulante–. Debería estar en casa, durmiendo en mi cama.

–Si estuvieras en casa, te aseguro que no estarías durmiendo. Estarías escuchando el timbre de la puerta y el del teléfono. Y si esos tipos que rodeaban la casa han encontrado la manera de escalar la pared de roca que hay junto a la propiedad, podrías encontrarte con el rostro de un desconocido mirando por la ventana o, peor aún, con el objetivo de una cámara. Y apuesto lo que quieras a que cuando se haga de día habrá al menos un helicóptero sobrevolando tu casa, tomando fotos aéreas –agitó la mano con desprecio–. Pero cuando esas fotos llegaran a los periódicos, no tendrías tiempo de preocuparte de cámaras. Estarías demasiado ocupada intentando seguir viva.

–Vale, vale –rezongó ella–. Lo he entendido.

–Bien. Preferiría no volver a tener esta conversación.

–¿Ésa es la cabaña? –preguntó ella viendo una gran sombra en el camino.

–Una de ellas.

–¿Cuántas hay?

–Seis, que yo recuerde. Han dejado abierta la cabaña del final –pasaron dos cabañas y él volvió a hablar–. Es la siguiente.

–Habías dicho que eran seis –comentó ella, confundida.

–Por lo menos. Pero sólo hay tres en este camino.

Ella detuvo el coche y miró por el retrovisor. El estrecho sendero que habían seguido apenas se veía.

–¿Llamas camino a eso?

–Accesibilidad –le recordó él.

–Ya, ya –gruñó Ali, bajando del coche. Un aullido sonó en la distancia y ella corrió junto a Garrett que estaba sacando el equipaje del maletero–. ¿Has oído eso? –susurró, nerviosa.

–Oír, ¿qué?

Se oyó otro aullido y Ali se estremeció.

–Eso.

–Probablemente sea un coyote –dijo él, poniéndole su bolsa de viaje en las manos.

–¿Probablemente? –se acercó más a él, escrutando la oscuridad–. ¿No estás seguro?

–Tú eres la de Texas –dijo él, sacando una maleta y poniéndola en el suelo–. ¿No reconoces a un coyote cuando lo oyes?

–Perdona, pero no hay muchos coyotes paseando por las calles del centro de Austin –bufó ella.

Él cerró la puerta trasera y la luz del coche se apagó, sumiéndolos en la oscuridad. Intentó girar, pero con Ali a un lado y la maleta al otro, estaba atrapado.

–Si me haces un poco de sitio –rezongó–, te guiaré a la cabaña, sígueme.

Ella agarró la maleta y la apartó de en medio, pero se quedó donde estaba.

–De eso nada, listo. No voy a ir detrás de ti. La persona que va en retaguardia es la que siempre desaparece sin dejar rastro.

–Supongo que eso debe tener su lógica, pero estoy demasiado cansado para buscarla –suspiró él.

Con Ali pegada a su costado como una lapa, fue hacia la cabaña. Una vez dentro, Ali no tardó en descubrir que sólo había una cama, cosa que dijo.

–La compartiremos –contestó él–. Es enorme. Hay sitio de sobra.

–¿Los dos en la misma cama?

–Si es un problema para ti, puedes dormir en el sofá –dijo él, quitándose la chaqueta y dejándola en una silla.

Ella miró el sofá que había en la otra habitación, pensando en los aullidos que había oído y en el lunático que supuestamente quería matar a Garrett. Dormir en el sofá era tan poco atractivo como cerrar la marcha. Empezó a construir una muralla de almohadas en el centro de la cama.

–Una línea de demarcación –le advirtió.

***

Ali no esperaba poder dormir, teniendo la amenaza de un asesino en la mente y la de Garrett al otro lado de la cama. Para su sorpresa, minutos después de cerrar los ojos, entró en un sueño profundo del que no despertó hasta varias horas después, cuando el sol que entraba por la ventana cosquilleó sus párpados. Se puso un brazo sobre la cabeza y se acurrucó de nuevo entre las sábanas.

Lentamente, su cerebro registró una diferencia en la firmeza de las almohadas que tenía a su espalda, así como el calor que producía. Rezando porque no fuera lo que temía, apoyó cuidadosamente las nalgas en las almohadas y se quedó helada al encontrarse con la inconfundible forma y dureza de una erección.

—No te asustes —dijo una voz adormilada a su espalda—. Los hombres se despiertan así a menudo.

—¿Y se supone que eso debe hacer que me sienta mejor? —preguntó, volviéndose hacia él.

—Sólo si lo considerabas una amenaza —alzó un hombro—. Pero si prefieres adjudicarte el crédito por provocarla...

—¿Crédito por provocarla? —repitió ella. Soltó una risita y bajó de la cama, complacida al descubrir que él tenía sentido del humor—. Ja.

—¿Dónde vas? —preguntó él.

—A vestirme.

—¿No vas a acabar con lo que has iniciado?

—No, gracias —dijo ella, agitando una mano.

***

Después de vestirse, Ali fue a la cocina en busca de comida y descubrió a Garrett sentado a la mesa, tecleando en su ordenador portátil.

—¿Has comido algo? —preguntó ella, yendo hacia el frigorífico.

—Picoteado.

—Pues yo no me conformo con picotear. Me muero de hambre —abrió la puerta del frigorífico y la sorprendió verlo completamente lleno—. Vaya. Tus amigos sí que saben hacer que una persona se sienta bienvenida.

—A Mandy le gusta hacer de mamá.

Ella se quedó quieta, con la mano en un frutero. Mandy. Se obligó a relajar los hombros y sacó el frutero del frigorífico.

—Había supuesto que tu amigo era un hombre.

—Mandy es la esposa de Jase. Ambos son amigos míos.

Una explicación concisa, pero al menos Ali sabía que Mandy no era una aventura romántica de Garrett. En cualquier caso, le habría dado igual; al menos eso se dijo.

—¿Qué haces? —le preguntó, sentándose ante él, arrancando una uva del racimo que había en el frutero.

—Comprobar mi correo electrónico.

—¿Hay acceso a la red aquí, en mitad de la nada? —inquirió ella, incrédula.

—Gracias a la tarjeta inalámbrica de mi proveedor de teléfono móvil. Siempre que mi móvil tenga cobertura, puedo acceder a Internet.

—¡Caramba! —se metió la uva en la boca y masticó—. ¿Y hay alguna novedad sobre el tipo que te amenazó?

—No.

—¿Has comprobado si sales en las noticias?

—De momento, no salgo.

—Eso es bueno, ¿no? Significa que aquí estamos a salvo, ¿verdad?

—Por ahora.

—Podrías haber mentido, creo yo —agarró una fresa e hizo una mueca—. No me iría mal que me tranquilizaras un poco.

—No voy a mentir sólo para que no te preocupes —cerró la tapa del portátil y la miró a los ojos—. Pero, si te reconforta, te diré que cuanto más tiempo pase sin que mi paradero se haga público, más probabilidades hay de que la persona que me amenaza caiga en la trampa que mi equipo de seguridad le ha preparado.

—¿Eso te parece reconfortante? —movió la cabeza con pesar y se levantó—. Si es lo mejor que puedes hacer, seguiré la táctica Scarlett O'Hara.

—¿Cuál es esa táctica?

—Dejar para mañana las cosas en las que no quiero pensar hoy.

—¿Y eso qué resuelve?

—Puede que para ti nada, pero para mí hace milagros —dijo ella. Fue hacia la sala y se detuvo ante la chimenea. Contempló el retrato que había sobre la repisa—. ¿Quiénes son? —preguntó.

—Los padres de Jase.

—Parecen muy agradables.

—No sabría decirte. No los conozco.

—A veces es posible adivinar la personalidad sólo con mirar —dijo ella, observando los rostros de la pareja—. Mira la sonrisa de ella, no se limita a los labios, también sonríen sus ojos. Y él —lo señaló—, la forma en que la rodea con un brazo, su postura. Es obvio que la adora y la protege.

—Eso es mucho suponer a partir de una sencilla fotografía.

—Algunas cosas son imposibles de simular —siguió andando, pasó la mano por el respaldo de cuero del sofá y miró a su alrededor—. Este sitio está muy bien. Rústico pero cómodo. Mucho mejor que lo que esperaba de una cabaña de caza.

—Solía ser la casa de Jase.

Ella se volvió; Garrett estaba en el umbral, entre la cocina y la sala, observándola.

—¿Por qué la dejó?

—Fue idea de Mandy. Después de la boda, ella prefirió que vivieran en la casa familiar.

—¿Casa familiar? —imaginó una casa enorme, llena de niños y risas—. ¿Y sus hermanos no tuvieron problemas con eso?

Él titubeó un segundo y luego negó con la cabeza.

—Jase era hijo único. Heredó todas las propiedades de los Calhouns cuando ellos fallecieron.

—Vaya —se acercó a la ventana y miró hacia fuera—. ¿Heredó todo esto?

—Sí.

—¿Cómo es de grande?

—No tengo ni idea. Enorme. Supongo. Sé que cría ganado y que tiene una plantación de pacanas que vende muy bien, y alquila cabañas y otorga licencias de caza en temporada. Creo que eso requiere bastante terreno.

–Probablemente –se volvió hacia él–. ¿Crees que le molestaría que sacara fotografías?

–¿De qué?

–De la naturaleza, bobo –rió ella–. Hay unos árboles magníficos detrás de la cabaña, y los bosques suelen estar llenos de vegetación interesante.

–No creo que le importe, si no te alejas demasiado.

–¡Genial! –fue hacia el dormitorio por la cámara, pero se detuvo al recordar el aullido del coyote de la noche anterior–. ¿Te apetece acompañarme? –preguntó, esperanzada.

–¿Por qué no? No tengo otra cosa que hacer.

–Fantástico –sonrió de oreja a oreja–. Iré por la cámara. No tardaré ni un segundo.

Cuando regresó, Garrett estaba ante el expositor de armas de fuego, estudiándolas. Se le heló la sangre al verlo elegir un revólver.

–Ejem, ¿qué haces? –preguntó con inquietud.

–Nunca se sabe con qué va a uno a encontrarse en el bosque –dijo él, girando el cilindro y comprobando si había balas en la recámara.

–¿Crees que el tipo que te busca vendrá aquí?

–Mejor estar preparado –dio él encogiéndose de hombros. Ali deseó no haber preguntado.

–¿Sabes disparar?

–Rescaté a Zelda –contestó él, colocando la pistola en la cinturilla de su pantalón vaquero.

–¿Zelda? ¿La protagonista del videojuego?

Al verlo asentir, se tragó una carcajada.

–Justo mi suerte. De todos los hombres con los

que podría quedarme aislada y en peligro, me toca un aficionado a los juegos de ordenador que cree tener superpoderes.

Garrett estaba sentado en un tronco, observando a Ali caminar junto al arroyo, sacando fotos.

A pesar del peligro que acechaba tras los límites del rancho, se sentía sorprendentemente relajado, tranquilo incluso. Llevaba suficiente tiempo viviendo con la amenaza del asesino en potencia para saber que su estado de ánimo no era normal. También sabía que el cambio se debía a Ali. Tenía una manera de enfrentarse a la adversidad que reducía su importancia, casi conseguía que una situación dramática pareciera cómica.

¡Técnica Scarlett O'Hara!

Movió la cabeza, divertido. Sólo a Ali podía ocurrírsele algo así. Pero por ridículo que pareciera su método, no podía negar su eficacia. En una situación similar, cualquier mujer estaría estrujándose las manos y quejándose de la situación. Ali no. A pesar del posible peligro, parecía estar pasándolo en grande, trepando a rocas y troncos, sacando fotos de plantas e insectos, simplemente porque se negaba a pensar en el problema.

Algunos pensarían que su técnica para enfrentarse a la adversidad era una forma de negación, estúpida y poco productiva. Una semana antes, Garrett habría pensado eso. Pero tras pasar tiempo con ella y experimentar, aunque fuera por asociación, los beneficios de su metodología, empezaba a creer que el mundo sería un lugar mejor si más gente adoptara la actitud de Ali ante la vida.

–Cuidado –le advirtió, cuando su pie resbaló en una roca–. Puede que el arroyo no sea profundo, pero seguro que el agua está muy fría.

–Y asquerosa –dijo ella con una mueca, mirando por el objetivo–. Llena de líquenes y lodo viscoso. ¡Oh! –chilló–. Hay una tortuga.

–¿En el agua?

–Escondida bajo una roca –bajó la cámara y le hizo un gesto con la mano–. Ven a verla.

–Gracias, pero he visto tortugas antes.

–No una tan grande. ¡Es enorme!

Con un suspiro, Garrett sacó la pistola, la dejó en el tronco y fue hacia ella.

Ali se sacó la cámara y la colgó al cuello de él.

–La verás mejor con el zoom –le explicó–. Agáchate ahí –señaló el punto donde había estado ella segundos antes–. Está al otro lado del arroyo.

–No veo nada –dijo él, tras acuclillarse y llevarse la cámara a los ojos.

–Mueve la cámara un poco a la izquierda –aconsejó ella, poniéndose tras él–. Un poco más. ¿La ves ahora?

–No veo más que rocas y agua embarrada –rezongó él, bajando la cámara.

–Ay, por Dios –suspiró ella. Se inclinó sobre él y volvió a levantar la cámara. Apoyó la mejilla junto a la suya, para alinear sus puntos de vista y movió la cámara unos centímetros a la izquierda.–. ¿La ves ya?

Ver, ¿qué? Garrett tenía la sensación de haberse

quedado ciego. Había oído hablar de las sobrecargas sensoriales, pero nunca había experimentado una personalmente. Con los pechos de Ali junto a su nuca, como un almohadón, su mejilla sedosa rozando la de él y su aliento de fresa cosquilleándole la nariz, sólo podía pensar en que si giraba la cabeza un poco podría paladear el sabor a fresa de sus boca. Un giro mayor le permitiría enterrar el rostro en sus mullidos senos.

—Bueno, ¿la ves? —preguntó ella, impaciente. Lo miró y dio un respingo al ver que estaba centrado en ella, no en la tortuga. Abrió los ojos de par en par—. Lo estás sintiendo, ¿verdad? ¿ese chisporroteo de sensación?

Él se planteó mentir, pero no tenía sentido negar lo que debía resultar obvio.

—Dan ganas de probarlo, ¿verdad? Ver hasta qué punto podemos llegar sin achicharrarnos.

—Sí —dijo ella, humedeciéndose los labios.

Sin darse tiempo para pensar en las consecuencias, él giró sobre los pies, rodeó su rostro con las manos y se levantó, capturando su boca. Probó las fresas que lo habían tentado segundos antes y saboreó el atisbo de dulzor de las uvas; después los labios de ella se entreabrieron, con un suspiro, invitándolo a profundizar el beso. Lo hizo encantando, explorando cada recoveco, tentando a su lengua hasta que bailó con la de él.

—¿Empiezas a arder? —murmuró en sus labios.

—Oh, sí —jadeó ella—. ¿Y tú?

Él introdujo las manos bajo su chaqueta y las deslizó costillas arriba.

–No estoy seguro. Descríbeme la sensación.

–No puedo –suspiró ella, sintiendo sus pulgares acariciar la curva de sus senos–. Tengo el cerebro achicharrado.

Él temió que el suyo también lo estuviera. Las curvas que trazaban sus manos eran suaves y muy femeninas, la respuesta del cuerpo de ella era sensual y excitante. El deseo se cebó en su entrepierna, recordándole cuánto tiempo hacía que no estaba con una mujer.

«Céntrate en tu objetivo. Mantén una distancia respetable», le recordó su conciencia. Pero un vistazo a los ojos nublados de pasión, a los labios húmedos e hinchados, que esperaban un beso, confirmó que la distancia ya no era una opción.

Con un poco de tiempo, seguramente habría podido expresar sus necesidades de mejor manera, con palabras más bonitas y seductoras. Pero en ese momento sólo se le ocurrió lo más básico.

–Te deseo. Ahora.

Una senda de abrigos, botas, vaqueros y suéteres se extendía desde la puerta de entrada a los pies de la enorme cama doble. La lujuria no hacía concesiones a la modestia ni al orden. Los arrastró directos a la cama, sobre la que cayeron con las bocas unidas y los cuerpos tan enredados que era imposible saber dónde empezaba uno y dónde acaba otro.

Desde el punto de vista de Ali, no estaban lo bastante juntos. Nunca había deseado a un hombre tanto como a Garrett en ese momento. Supuso que haberse despertado con él clavado en su espalda tenía mucho que ver con su deseo. Pero lo cierto era que había ido creciendo desde el día que le abrió la puerta, le dio la mano y sintió ese primer chisporroteo ascender por su brazo. Su atractivo se había multiplicado el día que lo fotografió vestido de vaquero y vio el cambio que provocaba en su rostro una sonrisa. Y la noche que la había besado en medio de la autopista… ese día su lujuria se había salido de las gráficas.

Desesperada por tocarlo, por explorar cada centímetro de su cuerpo, deslizó las manos por su espalda, hasta sus nalgas, y luego recorrió sus brazos, maravillándose por la fuerza que presentía en cada músculo. Y su pecho… su pecho. Se estremeció mientras lo acariciaba y depositaba un beso en el centro, inhalando su aroma a sándalo. La noche anterior había pasado horas despierta recordando y deseando su pecho desnudo.

Pero ya no tenía que limitarse a desear.

Enredó los dedos en su cabello y lo besó, entablando un baile con su lengua, rogándole que la hiciera suya. En respuesta a su petición, él deslizó una mano entre sus muslos, obligándola a apretar las rodillas para no perder el control en ese instante.

—Deja que te toque —susurró él en sus labios.

Ella entreabrió las piernas y cerró los ojos, centrándose en cada sensación que él provocaba con cada caricia de los aterciopelados pliegues de su feminidad.

No hablaron más. Sobraban las palabras. Se comunicaron con manos, ojos y gruñidos roncos de impaciencia y largos gemidos de placer.

Ella besó su cuello, sus hombros, su pecho, saboreando la sal de su piel, su masculinidad. Acarició su espalda, sus brazos, sus nalgas, y se maravilló por su resistencia. Todos los puntos en los que sus cuerpos se tocaban, eran una pura llama que creaba una espiral ascendente de deseo que amenazaba con consumirla. Impaciente, puso las manos en su trasero y lo atrajo hacia ella. Se arqueó y luego se derritió, ablandándose y aceptándolo en su interior.

Él, encima, mirándola, la penetró. Se mantuvo inmóvil unos segundos, luego inició sus embestidas, lentas y rítmicas, cada vez más profundas. Ella contempló cómo la pasión se acrecentaba en su rostro, acarició sus labios, su pecho. Él capturó su boca y reprodujo el ritmo de su sexo con la lengua. Eso pudo con ella.

Desesperada por alcanzar la culminación, se arqueó hacia él con todas sus fuerza. Su cuerpo pareció disolverse y moldearse para rodearlo y absorber los espasmos que lo estremecían. Cerró los ojos y tomó aire, segura de que iba a morir de placer. Segundos, tal vez horas, pasaron mientras flotaba en el aire, saciada. Una mano acarició su mejilla y abrió los ojos para encontrarse con los de él.

–Ali.

El nombre fue poco más que un suspiro, pero su sonido, mezcla de fervor y sorpresa, hizo que a ella se le encogiera el corazón. La emoción creó un nudo en su garganta, que le impidió pronunciar la palabra que había invadido su mente: «Amor».

Cerró los ojos con fuerza y se dijo que no era posible; no podía estar enamorándose de Garrett. Apenas lo conocía. Pero cuando volvió a abrirlos y se encontró con la calidez, ternura y satisfacción de su mirada, supo que no podía negar sus sentimientos.

–¿Estás bien? –preguntó él, con tono preocupado.

–Sí. De maravilla –afirmó ella, forzando una sonrisa.

Él se inclinó para besar sus labios suavemente, después apoyó el rostro en la curva de su cuello.

Capítulo Cinco

El pulso de Ali tardó un rato en calmarse, tanto como su mente en aclararse lo bastante para absorber la magnitud de lo que acababa de ocurrir.

Ella, Ali Moran, directora de la casa de huéspedes Vista, acababa de practicar el sexo con «él» Garrett Miller.

No sólo sexo. Sexo increíble, abrumador, explosivo, del que cambia la vida de una persona.

Iniciado por un sencillo beso. En segundos, el beso se había transformado en un encuentro sexual que le había hecho olvidar que Garrett era, en esencia, un desconocido. En circunstancias normales, eso bastaba para impedir que acabara en la cama con un hombre.

Lo que demostraba que las circunstancias eran de todo menos normales. Estaba escondiéndose de un posible asesino en un rancho, sólo Dios sabía dónde, con un hombre con el que tenía muy poco en común..., en realidad nada; eso era una razón adicional para cuestionarse por qué había corrido a la cama con él.

Una mano tocó su mejilla y dio un bote, sobresaltada. Se volvió hacia Garrett.

–Yo... –él calló y movió la cabeza–. No sé qué decir.

Asumiendo, por su titubeo y su expresión, que

quería decirle que se arrepentía de haberle hecho el amor, intentó sentarse en la cama.

–No hace falta que digas nada. En serio. Lo entiendo.

–No –le puso una mano en el pecho, inmovilizándola–. Dudo que lo entiendas –se inclinó y besó sus labios con tanta sensualidad que ella sintió un escalofrío en la espalda–. Esto ha sido… inesperado.

Su voz sonó ronca, pero sus ojos la hipnotizaban tanto como el pulgar que acariciaba los ángulos de su pómulo. Ella se derritió.

–Sí. Lo ha sido.

–Seguramente debería pedirte disculpas por aprovecharme de ti, pero si lo hiciera pecaría de insinceridad. No lo lamento en absoluto.

–No es que me hayas forzado.

–Y eso hace que sea aún más interesante –apuntó él, curvando los labios hacia arriba.

–Garrett –empezó ella. Calló cuando su mente se puso en blanco al sentir su mano bajar por su cuello hasta moldear un seno.

–¿Sabes? Creo que es la primera vez que te veo quedarte sin palabras –arqueó una ceja.

–Puede que tengas razón –rió ella.

–En ese caso… –rodeó su cintura con un brazo y la atrajo hacia él–, se me ocurre algo que podemos hacer y no necesita palabras.

–Bueno –musitó ella, rodeando su cuello con los brazos.

***

Un timbre apagado hizo que Ali alzara la cabeza, somnolienta. Comprendiendo que era su teléfono móvil, bajó de la cama, donde Garrett y ella habían pasado gran parte de los dos últimos días y sacó el móvil de su bolso.

–¿Hola?

–¿Dónde estás?

–Hola, Traci –con una mueca, se sentó a los pies de la cama.

–Nada de «Hola, Traci». ¿Dónde estás?

–Estoy... –miró a Garrett que, despierto, la observaba–, fuera de la ciudad.

–Pues podías haberme dicho que te mudabas –se quejó Traci–. Al fin y al cabo, soy tu mejor amiga.

–¿Mudarme? –dijo Ali, confusa–. No he dicho que me haya mudado. Sólo que estoy fuera de la ciudad.

–Entonces, ¿por qué hay un cartel de *Se vende*, delante de tu casa?

–¿Qué? –Ali se levantó de un salto.

–Un cartel de *Se vende*. Lo vi cuando pasé por allí esta mañana. Porque no apareciste en clase de yoga –añadió.

–Ay, Dios, Traci. Lo siento. Se me olvidó que había yoga hoy.

–Igual que decirme que te trasladabas –apuntó Traci, con voz dolida–. ¿Y por qué hay tanta gente alrededor de tu casa? Cuando llegué, un montón de tipos corrieron hacia mi coche. Me dieron un susto de muerte. Arranqué tan rápido que estuve a punto de atropellar a uno.

–Por mi parte, podrías haberlos atropellado a todos. Son fotógrafos de la prensa sensacionalista.

–¿Bromeas? ¿Están ahí por culpa de tu huésped misterioso?

–No. Quieren fotografiarme a mí –se pasó la mano por el pelo–. Volvamos al cartel de *Se vende*. Algún crío debe haberlo puesto en plan de broma.

–Delincuentes juveniles –dijo Traci, irónica–. Deberían tener algo mejor que hacer con su tiempo, en vez de aterrorizar al vecindario.

–Supongo que debería llamar a la inmobiliaria y avisarles. ¿Recuerdas el nombre de la agencia que había en el cartel?

–Era una de esas cadenas nacionales. Century 21, creo.

–Fantástico –rezongó Ali–. Seguro que hay más de una docena de sucursales de Century 21 en Austin.

–Me ofrecería a pasar por allí y apuntar el teléfono, pero esos tipos me dan miedo.

–A mí también –dijo Ali–. No te preocupes, haré un par de llamadas y veré qué descubro.

–Allbright –exclamó Traci de repente–. Ahora me acuerdo. Allbright Century 21.

–Gracias. Acabas de librarme de una docena de llamadas telefónicas.

–¿Y tu huésped? –preguntó Traci–. ¿Lo dejaste solo en casa para que se apañara como pudiera?

–Eh, no –Ali miró a Garrett por encima del hombro–. Está conmigo.

–¿Qué? ¿Quieres decir que estáis juntos?

–En cierto sentido –dijo Ali, alejándose de la cama y bajando la voz para que Garrett no la oyera.

–Detalles, amiga, quiero detalles.

–Después. Ahora tengo que dejarte.

–¡No! –gritó Traci–. No antes de decirme dónde estás.

–Lo siento. No puedo.

–Ali Moran, no te atrevas a...

Ali colgó y soltó un resoplido.

–¿Problemas?

Miró a Garrett que estaba sentado en la cama, con las sábanas tapándolo hasta la cintura. Se preguntó cómo podía parecer tan increíblemente comestible, después de días de sexo. Ella se sentía como un trapo, y estaba segura de parecer uno. Fue hacia él, gateando sobre la cama.

–Traci está enfadada conmigo porque no he ido a yoga.

–¿Traci?

–Una amiga. Como no fui a clase, se acercó a mi casa y vio un cartel de *Se vende* en la entrada –alzó un hombro y se acomodó a su lado–. Hay vacaciones escolares, así que debe haberlo puesto algún chaval, de broma.

–Deberías avisar a la agencia inmobiliaria.

–Lo haré.

–¿Nuestros amigos siguen rondando la casa?

–Traci dice que estuvo a punto de atropellar a uno –dijo ella, controlando una sonrisa.

–Pues es una pena que no lo hiciera.

–Le diré que la próxima vez afine la puntería –su sonrisa se desvaneció cuando se preguntó qué significaba que los reporteros siguieran allí–. Si no se han ido, ¿eso implica que estamos seguros?

—Lo mejor es asumir que no es el caso –al ver su expresión de decepción, le dio una palmadita en el muslo–. Tranquila. Tú llama a la agencia inmobiliaria para explicar lo del cartel, yo llamaré a mi jefe de seguridad para ver qué está ocurriendo en Suiza.

—De acuerdo.

Mientras Garrett iba a buscar su móvil, Ali llamó a información a solicitar el número de la agencia y esperó mientras transferían la llamada.

—Allbright, Century 21. ¿Puedo ayudarla?

—Eso espero –suspiró ella–. Hay uno de sus carteles de venta delante de mi casa. Debe ser una broma de los chicos del vecindario, pero pensé que debería avisarles, para que lo retiren y vuelvan a ponerlo en la propiedad de donde lo hayan robado.

—Sí, lo haremos, gracias por la información y lamento la inconveniencia. ¿Cuál es la dirección?

Ali le dio la dirección de Vista.

—Chavales –rió–. Son un terror.

—¿Es usted Ali Moran?

—Sí –corroboró Ali, sorprendida–. ¿Cómo lo ha sabido?

—Acabo de comprobar nuestra base de datos y tenemos su propiedad en venta. Su nombre aparece como contacto.

—No. Se equivoca. Yo no vendo Vista.

—Puede que usted no, pero su propietario sí. El señor Ronald Fleming. De hecho, la agente a cargo lleva toda la mañana llamándola para concertar las visitas. Si espera un momento, la pondré con ella, se llama Diane.

Ali dejó caer el teléfono, cortando la conexión. Se dijo que no era posible. Tenía que ser un error. Ronald Fleming no era el propietario de la casa, la dueña era Ali. Mimi se la había regalado porque sabía que a su hijo no le importaba lo más mínimo y la vendería en cuanto tuviera oportunidad.

–¿Ali?

Alzó la mirada y vio que Garrett la observaba con gesto preocupado.

–¿Qué ocurre? ¿Has hablado con la inmobiliaria?

Ella asintió con la cabeza y carraspeó.

–Me han dicho que no es una broma. Que el hijo de Mimi ha puesto la casa en venta.

–Pero me dijiste que Mimi te había regalado la casa –arguyó él, sentándose en la cama.

–Eso creía –dijo ella. Sus ojos se llenaron de lágrimas.

–Debe ser un error –apretó su rodilla con la mano–. ¿Por qué no llamas a su abogado? Seguro que él podrá enderezar el entuerto.

–No sé quién es su abogado –Ali movió la cabeza–. Sólo podría preguntarle a Claire –miró el reloj que había en la mesilla–. Y no puedo llamarla ahora, en Australia es de noche.

Tomó aire lentamente, negándose a creer que hubiera una posibilidad de que vendieran su casa.

–Estoy segura de que tienes razón –afirmó, intentando ser positiva–. Tiene que ser un malentendido –forzó una sonrisa–. ¿Qué te ha dicho tu jefe de seguridad?

–La encerrona está lista. Sólo esperan a que muerda el anzuelo.

–¿Y cuándo será eso?
–Confían en que ocurra en menos de cuarenta y ocho horas.
–¿Están seguros de que está en Suiza y no de camino a Texas? –preguntó ella, dubitativa.
–Se registró en un hotel suizo hace un par de horas.
–Te informarán si hay algún cambio, ¿verdad?
–No lo dudes –le dio otra palmadita en la rodilla y se puso en pie–. No sé tú, pero yo me muero de hambre. Vamos a comer algo.

Ella tuvo la sensación de que le hablaba de comida para hacerle olvidar el peligro en el que se encontraban y la incertidumbre sobre su propiedad, pero agradeció la distracción.

–Hace buen día –dijo, saltando de la cama–. Vamos a preparar una comida campestre.

Garrett, mientras caminaban por el bosque, no sabía si maldecirse por no haber hecho un seguimiento con su abogado sobre la escritura de Vista o si dejar escapar un suspiro de alivio

Optó por el suspiro de alivio.

Si hubiera hecho el seguimiento y descubierto que la casa pertenecía a Ronald, habría dado instrucciones a su abogado para que la comprara, y él sería el propietario y responsable de la desazón de Ali.

Que le importaran los sentimientos de Ali, o ser responsable de ellos, era una complicación nueva en la que se negaba a pensar, al menos en ese momento.

Extendió la manta sobre el suelo, en el lugar elegido por Ali.

—Resulta difícil creer que estemos en enero —dijo—. En casa están quitando nieve a paladas.

Ali se sentó y empezó a sacar cosas de la cesta que había preparado.

—No puedo decir que eche de menos los inviernos del norte —dijo.

—Debemos estar a unos veinte grados —dijo él, quitándose la chaqueta antes de sentarse a su lado.

—Es probable —se metió una fresa en la boca y sonrió mientras masticaba—. Y mañana podríamos estar bajo cero. Es mejor no cuestionar a la Madre Naturaleza y disfrutar de su idiosincrasia.

—Ésa es mi actitud con la mayoría de las mujeres —bromeó él, soltando una risita.

Ella le acercó una uva a la boca. Él la atrapó con los dientes y mordisqueó la punta de sus dedos antes de metérsela en la boca.

—¿No era Nerón quien comía uvas alegremente mientras Roma se quemaba?

—Peor aún. Estaba tocando el violín. Hombres —dijo, poniendo los ojos en blanco—. No tienen ni idea.

—Ese comentario me ofende.

—Si te esfuerzas un poco, podrías convencerme de que tú eres la excepción —lo retó ella con una sonrisa.

Él puso una mano tras su nuca y la besó.

—Vale. Aprobado —musitó ella con voz lujuriosa. Le ofreció un sándwich y eligió uno para ella. Tomó un bocado y masticó lentamente—. Háblame de tu familia.

—¿En qué sentido?

—En el sentido de madre, padre, hermanos –se burló ella–. ¿O saliste de un huevo?

—Aunque me han acusado de ser inhumano más de una vez, tuve madre y padre. Ambos fallecieron.

—Lo siento –lo miró con simpatía–. ¿Hace mucho?

—Mi madre murió hace mucho, no la recuerdo. Mi padre, hace tres años. De cáncer.

—¿Tienes hermanos?

—Soy hijo único.

—¿En serio? –ella enarcó una ceja–. Yo también –se lamió el dedo, manchado de mayonesa y dio otro bocado al sándwich–. ¿Estabais muy unidos tu padre y tú?

—No.

El tono seco y la escueta respuesta la llevaron a bajar el sándwich y mirarlo a los ojos.

—¿Te pegaba o algo así?

—Para eso tendría que haberse acercado a mí –rezongó él–. Y no recuerdo haberlo visto nunca a menos de un metro de distancia.

—¿En serio?

—En serio.

—Pero… –arrugó la frente–. Era tu único progenitor. ¿Quién cuidaba de ti?

—Los primeros dos años, tras la muerte de mi madre, fueron niñeras. Cuando yo tenía seis años él volvió a casarse.

—¿Cómo era tu madrastra?

—Un ángel.

Ali parpadeó, sorprendida por la transformación de su rostro y su voz al hablar de su madrastra.

–Háblame de ella.

–Bondadosa. Humilde. Inteligente –alzó los hombros–. Haría cualquier cosa por ella.

Ella lo miró fijamente, sin dudar de su palabra un segundo y preguntándose qué clase de persona podía inspirar tal devoción. Movió la cabeza y volvió a llevarse el sándwich a la boca.

–Fuiste afortunado.

–¿Afortunado?

–Sí –mordió su sándwich–. Es decir, lo de tu padre es una puñeta, pero al menos tuviste una buena madrastra.

Él echó la cabeza hacia atrás y soltó una carcajada.

–¿Qué? –preguntó ella, intrigada.

–¿Puñeta? –se rió aún más–. He oído muchas cosas sobre la actitud de mi padre, pero nunca había oído «puñeta».

–Si esperabas mi compasión, no la tendrás –alzó la barbilla–. Puede que tu padre tuviera problemas emocionales, pero es obvio que tu madrastra sabía comportarse como una buena progenitora, y fuiste afortunado al tenerla.

–Nadie lo sabe mejor que yo. Es sólo que me ha sorprendido tu respuesta, tan distinta de la habitual cuando hablo de mi infancia... Me ha hecho gracia.

–Bueno –frunció los labios y agarró una lata de refresco–, me alegra que me encuentres divertida.

—No me estoy riendo de ti, Ali –dijo él, poniendo una mano sobre la de ella–. Más bien al contrario. Te encuentro refrescante. Fascinante. Intrigante.

—Oh, por favor –alzó los ojos al cielo–. Si dices más chorradas, echaré a correr.

—No son chorradas. Es la verdad. Eres todas esas cosas y muchas más.

Ella lo miró, intentando decidir si hablaba en serio. No vio más que sinceridad en sus ojos. Retiró la mano de debajo de la suya.

—No compliques las cosas más aún –le advirtió.

—¿Qué quieres decir?

—Quiero decir que esta situación ya es bastante dramática como para dar trabajo a los guionistas de un culebrón durante un año. Perseguidos por la prensa –dijo, tocándose un dedo e iniciando el recuento–, escondidos en una cabaña en el bosque, un asesino suelto, la posibilidad de que vendan mi casa en cualquier momento...

—¿Y que yo te encuentre fascinante complica las cosas?

—¡Pues claro que sí! –exclamó ella–. Estoy muy vulnerable. Prendarme de ti sería un grave error.

—¿Por qué?

—¿Necesitas preguntarlo? –inquirió ella, incrédula.

—Es obvio que sí.

—Porque eres archimillonario, y yo soy la casera de una residencia que tal vez ni siquiera me pertenezca cuando consiga regresar. Tú vives en la Costa Este y yo en el centro de Texas. En ti domina el hemisferio izquierdo del cerebro, en mí el derecho. Hacer el amor contigo es fantástico. El uno de febrero te marcharás.

–Es obvio que has reflexionado al respecto.

Avergonzada, porque era verdad, bajó la vista.

–Si no me permito creer que existe la posibilidad de algo, entonces no me decepciona comprobar que tenía razón.

–Ay, Ali –musitó él–. Sólo a ti se te podría ocurrir ese razonamiento.

–Mi razonamiento no tiene nada de malo.

–No. Nada –aceptó él. Se irguió, la atrajo hacia sí y enterró el rostro en la curva de su cuello–. Entonces, ¿cuál es el plan?

–¿Qué plan? –preguntó ella débilmente, distraída por el sensual cosquilleo que sentía en el cuello.

–El del resto del mes. Para nosotros.

–Disfrutar de cada minuto de cada día –sonriendo, lo besó y lo obligó a tumbarse sobre la manta–. Y de ti.

Garrett no podía poner pegas al plan de Ali. La compañía de una mujer bella y fascinante, y la promesa de sexo increíble e ilimitado durante un mes, sin que ella le exigiera nada. ¡Era el sueño de cualquier hombre!

Pero sí tuvo un momento de preocupación cuando consideró el futuro. Al fin y al cabo, Ali era hija de su madrastra. ¿Qué ocurriría cuando acabara el mes y ella descubriera que la madrastra de él era su madre?

Rechazó el inquietante pensamiento, diciéndose que ya se enfrentaría a ese problema cuando llegara. Ella no tenía expectativas de futuro con él. De hecho, había ofrecido una lista de razones por las que una relación entre ellos no podría funcionar. Incluso le había dicho que pretendía disfrutar del tiempo que estuvieran juntos. No tenía por qué sentirse culpable por aprovechar lo que ella ofrecía libremente.

Miró hacia la cabaña, donde Ali estaba telefoneando a su amiga Claire, en Australia. No quería ni pensar en el efecto que tendría en ella esa conversación. Era obvio que adoraba la enorme y destartalada casa. Había pasado al menos diez años allí. Cuidándola, manteniéndola, creando una forma de ganarse la vida. Le dolería mucho perderla, sobre todo tras haber creído que le pertenecía. Lo preocupaba cómo se tomaría la noticia.

Se preguntó por qué estaba allí fuera, evitando entrar a la cabaña. Pero la respuesta era tan obvia que hasta un tonto la habría adivinado. No quería que Ali sufriera, no quería ver el dolor en sus ojos, en su rostro. No quería más evidencia que demostrara que era la víctima.

Con un profundo suspiro, se obligó a dar el primer paso hacia la cabaña.

Ali se secó los ojos con el bajo de la camisa.

—No importa —le aseguró a Claire, llorosa—. Por favor, no creas que culpo a Mimi. Ella no sabía que iba a morirse. Seguramente pensaba que tenía tiempo de sobra para cambiar el testamento.

—Pero sabes que no quería que papá se quedara con la casa —arguyó Claire, testaruda—. Sabía que le importaba un comino y que la vendería. Por eso quería que la tuvieras tú.

Ali se tragó las lágrimas y asintió.

—Lo sé, y desearía que fuera mía. Odio que la vendan, tanto como lo odiaría Mimi si aún estuviera entre nosotros.

—Ay, Ali —gimió Claire—. Si hubiera alguna manera de detenerlo, sabes que lo haría.

—Lo sé, Claire, lo sé. Pero lo hecho, hecho está. No tiene sentido que lloremos por eso.

—¿Por qué no la compras tú? —sugirió Claire, impulsivamente.

—¿Yo? —Ali se rió por no llorar—. Ya me gustaría. Pero ya sabes cómo están las propiedades en Austin, sobre todo en el centro. Nunca podría permitirme comprar Vista —tomó aire y rebuscó en su mente para encontrar algo positivo que la ayudara a sobrellevar la situación—. He pasado diez años maravillosos en Vista, gracias a Mimi y a ti. Siempre lo agradeceré.

—Oh, Ali —gimió Claire—. Me encantaría retorcerle el pescuezo a mi padre. No tiene corazón, es malvado.

—No culpes a tu padre —regañó Ali con voz suave—. No puede evitar ser como es.

—Y un cuerno que no —masculló Claire con amargura—. Lo lógico sería que hubiera heredado parte del buen corazón de Mimi. Pero no. Es igual que papá Fleming. Egoísta y malo.

—Supongo que se ha saltado una generación

–dijo Ali–. Sin duda tú tienes el buen corazón de Mimi –inspiró profundamente–. Será mejor que te deje. Ya te he entretenido bastante.

–Lo siento mucho, Ali –dijo Claire con desconsuelo–. Si hay algo que pueda hacer por ti, avísame, ¿de acuerdo?

–Lo haré. Te quiero –dijo ella. Colgó y dejó el teléfono. Luego enterró el rostro en las manos y se rindió a las lágrimas que había estado intentando controlar.

Se prometió que lloraría sólo esa vez. Lloraría por la casa que amaba, el hogar en que se había convertido y la vida que le había proporcionado. Después dejaría eso atrás. No volvería a pensar en el tema. Cuadraría los hombros y decidiría qué hacer y dónde ir. Pero necesitaba un momento de autocompasión, una oportunidad para protestar por el destino que se había opuesto a ella desde que nació.

No sabía qué había hecho para merecerse tantos desengaños y tanto dolor. Había sido concebida por unos padres que no la deseaban y entregada a otros que sólo querían perpetuar su linaje de doctores en medicina. Y cuando sus padres adoptivos le dieron la espalda y la dejaron en la calle, no había ido a contar sus cuitas y el daño psicológico que le habían causado a un programa televisivo; se había trasladado a Texas y había iniciado una nueva vida, llegando a amar el Estado, la ciudad y su casa, de la que dependía para poder vivir.

Y todo eso para que luego se lo arrancaran de golpe y volver a encontrarse en la calle. Sollozó, rindiéndose al resentimiento y la amargura.

—¿Ali?

Alzó la cabeza y vio a Garrett en el umbral. Se puso en pie de un salto, avergonzada porque la hubiera visto en ese estado.

—Perdona —dijo, pasándose las manos por la cara—. Me ha dado por soltar unas lagrimitas.

—¿Malas noticias?

—Sí. Por lo visto Mimi no llegó a cambiar su testamento —tragó saliva, intentando controlar sus lágrimas, sin éxito.

—Eh —murmuró él, rodeándola con los brazos.

La oferta de consuelo fue demasiado inesperada, demasiado deseada para rechazarla. Enterró el rostro en su pecho.

—No es justo —sollozó—. Mimi quería que yo tuviera la casa. Lo quería de verdad.

—Estoy seguro de que sí.

—Y a ese tonto de hijo que tiene le importa un comino. Llevaba años presionándola para que la vendiera. Nunca entendió el valor sentimental que tenía para Mimi, ni que su corazón siguiera unido a ella.

—Pero tú sí.

—¡Claro que sí! —cerró el puño sobre su pecho—. Fue el regalo de boda de su primer marido. Una sorpresa. Él pretendía vivir allí con ella toda la vida, criar allí a sus hijos. Pero murió. La casa está llena de su amor, de lo que compartieron. Sólo hay que entrar en cualquier habitación para sentirlo, para saber cuánto se amaban y cuánto le dolió a ella perderlo.

Él la abrazó y masajeó su espalda hasta que a ella se le agotaron las lágrimas.

Finalmente, Ali tragó saliva y se apartó de él, temiendo que si seguía dejando que el dolor la dominara nunca dejaría de llorar.

–Lo siento. No quería derrumbarme así.

–Yo diría que tienes derecho a hacerlo.

Ella asintió y volvió a tragar.

–Sí. Pero ya se acabó –para demostrarlo, esbozó una sonrisa–. ¿Quieres que asaltemos el frigorífico y busquemos algo para cenar?

Capítulo Seis

Garrett no sabía qué era peor. Si ver a Ali llorar o verla simular que su mundo no se había desmoronado. Ambas cosas le rompían el corazón.

Se sentó en el sillón de cuero que había frente al sofá, con el portátil sobre las piernas, observándola hojear una revista. Era obvio que no veía lo que había en las páginas. Las miraba, pero su mente estaba en otro sitio. La pequeña arruga entre sus cejas indicaba que sus pensamientos no se centraban en las páginas de la revista, sino en los problemas que la esperaban en Austin.

–¿Has considerado comprar la casa tú? –preguntó.

Ella alzó la vista, como si su voz la hubiera sobresaltado, después la bajó y pasó una página.

–No puedo permitírmelo.

–¿Cómo lo sabes, si ni siquiera has solicitado un crédito?

–Créeme. Lo sé. Ya has visto parcelas en la zona de Austin. Sabes que dentro de la ciudad el precio del metro cuadrado se dispara. La zona del lago es prohibitiva.

–Pide un crédito empresarial –sugirió él, frustrado. Apartó el ordenador y se levantó–. Tu garantía para los pagos serían los ingresos potenciales de la casa de huéspedes.

Ella lo miró un momento, reflexionando, después movió la cabeza negativamente.

–Agradezco la sugerencia, Garrett, igual que tu preocupación, pero tengo que ser realista. Hacerme falsas esperanzas sólo incrementaría mi decepción cuando me negaran el crédito. Y me lo negarían –afirmó convencida–. Puede que no tenga tu experiencia empresarial, pero sé que nunca conseguiría el préstamo que necesitaría para comprar Vista.

–Pero…

Un golpecito en la puerta hizo que girara en redondo. Contuvo un gruñido al ver a Mandy mirándolo por la ventana.

–¿Es tu amiga? –preguntó Ali, a su espalda.

–Sí –dijo él, yendo hacia la puerta con un nudo en el estómago–. Es ella.

Mandy entró con una sonrisa resplandeciente y una bandeja de plástico con una tarta.

–¡Hola, Garrett! –lanzó un beso en su dirección, pero siguió andando y no se detuvo hasta estar frente al sofá y Ali. Dejó la bandeja en la mesita de café y le ofreció la mano–. Hola, soy Mandy.

Ali se levantó con una sonrisa.

–Hola, Mandy. Yo soy Ali.

–He pensado que podría apeteceros algo dulce –dijo Mandy. Rió y se dio una palmadita en el vientre redondeado–. A Junior siempre le apetece. El caso es que iba a hacer una tarta y he pensado que podía hacer dos y traeros una. ¿Te gusta el chocolate?

–¿Bromeas? –Ali soltó una carcajada–. Soy una mujer, ¿no? –agarró la bandeja y fue hacia la cocina–. Cortaré porciones para todos. ¿Quieres un vaso de leche con la tuya, Mandy?

–Sí, por favor –contestó Mandy. Luego se volvió hacia Garrett y bajó la voz–. ¡Es encantadora!

Él estrechó los ojos y le lanzó una mirada que prometía una muerte dolorosa si dejaba escapar la verdad sobre su parentesco.

–¿Hay café? –le gritó a Ali.

–Deber haber para una taza.

–Pondré la cafetera –dijo Garrett. Lanzó a Mandy otra mirada de advertencia y fue hacia la cocina.

–Puedo hacerlo yo –ofreció Ali.

–Ya lo hago yo –dijo él, sacando el café del armario–. Tú ya tienes las manos llenas.

–Es una de las ventajas de cortar la tarta –sonriente se lamió el chocolate de las puntas de los dedos–. Comerse toda la cobertura que se quede pegada a los dedos –cortó una porción y la puso en un platillo, con un tenedor–. ¿Podrías sacar la leche? –le pidió a Garrett.

–Yo la sacaré –dijo Mandy, reuniéndose con ellos en la cocina.

–Por cierto –le dijo Ali–, gracias por llenar el frigorífico. El primer día me levanté muerta de hambre y fue un gran alivio descubrir que no hacía falta ir de compras antes de comer algo.

Mandy dejó el cartón de leche sobre la mesa y agitó la mano.

–Fue un placer. Casi nunca tenemos la oportunidad de recibir a la…

Garrett le dio un codazo y la miró.

–...las amistades –concluyó Mandy. Le sacó la lengua a espaldas de Ali–. ¿Quieres un vaso de leche, Ali? –preguntó.

–Sí, por favor.

Mandy sirvió dos vasos y los llevó a la mesa.

–Esto es fantástico –dijo, sentándose–. No suelo tener la oportunidad de pasar la tarde comiendo tarta de chocolate y charlando de cosas de chicas.

–Yo tampoco –dijo Garrett con voz seca, apartando una silla y colocándose entre ellas dos a propósito.

–Habría venido a visitaros antes, pero he tenido la casa llena de carpinteros toda la semana. Estamos transformando el dormitorio que hay junto al nuestro en la habitación para el niño, y le prometí a Jase que los vigilaría. Son muy buenos profesionales –soltó una risita–, pero tienen tendencia a alargar una obra eternamente, si no se les pincha un poco.

–¿Tu marido está de viaje? –preguntó Ali con curiosidad.

–Está en Washington D.C., visitando a su madre. Pero regresará esta noche –se llevó el tenedor a la boca y dedicó una sonrisa maliciosa a Garrett–. Cuando se enteró de que Garrett estaba aquí de visita, con una amiga, decidió acortar su viaje.

–Qué bien –dijo Ali, sonriendo a Garrett–. Podrás pasar algo de tiempo con tu amigo.

–Sí –afirmó Garrett, se le hizo un nudo en el estómago al pensar en la vuelta de Jase–. Qué bien.

–¿Cómo os conocisteis? –le preguntó Ali a Mandy–. Garrett y vosotros, quiero decir.

—La universidad...

—Un amigo común...

Garrett y Mandy intercambiaron una mirada, habían hablado a la vez sin ponerse de acuerdo. Mandy se metió un trozo de tarta en la boca y agitó el tenedor en dirección a Garrett, indicándole que lo explicara él.

—Un amigo mutuo de la universidad nos presentó –aclaró él, rezando porque Ali se conformara con eso. Cuantas menos mentiras tuviera que contar, menos posibilidades habría de que sus historias se contradijeran.

—Ah –Ali pareció quedar satisfecha con la explicación y volvió a mirar a Mandy–. ¿Cuándo nacerá el bebé?

Eso dio un giro totalmente distinto a la conversación y Garrett suspiró con alivio.

Por el momento.

—Mandy es agradable.

—Sí, lo es –dijo Garrett subiendo a la cama y tendiéndose junto a Ali.

—Me cuesta creer que esté tan enorme con sólo cuatro meses de embarazo.

—Desde luego, está enorme.

—Me pregunto si estará embarazada de gemelos –musitó ella, pensativa.

—Habéis hablado de absolutamente todo –rezongó él–. Me sorprende que no se lo hayas preguntado.

—Quería hacerlo, pero me dio miedo herir sus

sentimientos –soltó una risita–. Ya sabes, como si estuviera sugiriendo que está gorda, o algo.

–Está gorda.

–No –refutó ella–. Está embarazada. Hay una gran diferencia.

–Si tú lo dices –se puso de costado para mirarla.

–¿Cómo es su marido? –preguntó ella, acercándose.

–¿Jase?

–¿Es que tiene más de uno? –enarcó una ceja.

–A mí me parece un tipo agradable.

–Eso es muy descriptivo.

–Es un vaquero. Ya conoces el tipo. Alto, delgado. Lleva sombrero y botas todo el tiempo. Anda despacio, habla despacio.

Ella, pensativa, le apartó un mechón de pelo de la frente.

–Me resulta difícil imaginar que tengas un amigo así. Es decir…, ya sabes. Teniendo en cuenta que eres un genio de la informática, archimillonario y eso.

–¿Por qué te empeñas en ponerme esa etiqueta de archimillonario a todas horas?

–Millonario, multimillonario, archimillonario. Cuando se tiene tan poco en el banco como yo, es igual una cosa que la otra.

–Créeme, ser rico no es tan fantástico como opina la gente.

–¿En serio? –se acurrucó contra él–. Dime cómo es.

–Una pesadez, si te digo la verdad. De la noche a la mañana uno se convierte en el mejor amigo de todo el mundo. Gente de la que ni se había oído hablar aparece como los chinches, pidiendo algo. Un préstamo, una participación en un nuevo negocio, un trabajo –movió la cabeza–. Se aprende rápidamente que no les importas tú, les importa tu dinero.

–Vaya puñeta –dijo ella, frunciendo los labios y acariciando la curva de su mandíbula.

–Sí. Vaya puñeta. Y toda la vida cambia. Es como vivir en una pecera de cristal, con el mundo observando y analizando cada movimiento. El pasado se convierte en un libro abierto, y la gente se esfuerza en desenterrar los trapos sucios.

–¿Y qué esqueletos guarda usted en su armario, señor Miller? –bromeó ella–. ¿Cuántos secretos oculta?

Él sintió un inesperado y agudo pinchazo de culpabilidad. Sólo tenía uno, y la persona que más sufriría por su causa, estaba tumbada a su lado.

Estiró el brazo por encima de ella y apagó la luz, deseando esconder su mentira en la oscuridad.

–No tengo secretos –contestó.

–Venga ya. Todo el mundo tiene uno o dos secretos que ocultan al mundo.

–Ya conoces el mío.

–¿Cuál? ¿Lo de tu padre?

–Muy pocas personas saben cómo fue mi infancia, y quiero que siga siendo así.

–No pensaba contárselo a nadie, si eso es lo que te preocupa.

Él, notando un deje dolido en su voz, la rodeó con un brazo y la atrajo hacia sí.

—Nunca pensé que fueras a hacerlo. Imagino que, con padres como los tuyos, entiendes muy bien por qué prefiero que nadie lo sepa.

—¿Por la soledad?

—Sí —aceptó él, tras reflexionar un momento—. Pero tardé años en darme cuenta de lo solo que estaba.

—Cuando tu madrastra entró en escena.

—Antes de que ella llegara, no había sido consciente de que me faltara nada. Creía que todos los padres eran como el mío. Que iban a trabajar todos los días y se quedaban en la oficina hasta entrada la noche. Que no daban abrazos de buenas noches, ni jugaban a la pelota en el jardín. Que no ofrecían contacto, ni conversación, ni nada.

—Querías su cariño —le dijo, con voz suave—, te morías de ganas de tener su amor —apoyó los dedos en su mejilla con ternura.

A él se le encogió el corazón y tragó saliva. Nadie antes había expresado de forma tan certera y breve su necesidad.

—Sí —dijo, intentando borrar de su mente la imagen del niño que se había dormido todas las noches con un osito de peluche apretado contra el pecho, un mal sustituto del contacto físico y el afecto que había necesitado de su padre.

La mirada desolada de Ali cuando le dijo que no podía acompañarlo, hizo que Garrett se sintiera rastrero como una serpiente. Pero no podía llevarla a ver a Jase y a Mandy, cuando hablar de ella era el ob-

jetivo de su visita. No podía arriesgarse a que j
irrumpiera en la cabaña exigiendo a Ali que conociera a su madre; y temía que Jase haría exactamente eso. Aunque los dos hombres no tuvieran lazos de sangre, y Jase hubiera llegado a la vida de Barbara después que Garrett, compartían un fuerte instinto protector respecto a Barbara Jordan Miller.

Además, suponía que tendría que dar explicaciones. Jase pensaría, como Mandy, que Garrett había roto su promesa a Barbara respecto a no ponerse en contacto con Ali.

Todos sus miedos resultaron estar bien fundados.

Apenas había bajado del coche cuando Jase salió de la casa en estampida, con ojos asesinos.

–Puedo explicarlo –dijo Garrett, alzando una mano para impedir una pelea.

Jase dejó caer las manos a las caderas, pero daba la sensación de echar humo por las orejas.

–Más te vale –ladró–. Prometimos a Barb que dejaríamos a Ali en paz.

–Tú lo prometiste –corrigió Garrett–. Yo no prometí nada.

Jase abrió la boca para llamarlo mentiroso, pero volvió a cerrarla, comprendiendo que Garrett no había hecho la misma promesa que su padre y él.

–Estabas allí cuando volvimos de visitar a los padres de Ali y sabes que nos dijeron que Ali no quería saber nada de su familia natural. Oíste lo que dijo Barb. Nos pidió que dejáramos a Ali en paz.

–Sí –asintió Garrett–. Y habría cumplido sus deseos, pero me di cuenta de cuánto deseaba Barbara conocer a Ali, y cuánto le dolía que no quisiera ella. Pensé que como no tengo vínculo con ella, no se enfadaría tanto con Eddie o contigo, si fuerais a verla. podía hablar con ella, razonar, convencerla que viera a Barbara. Y, si eso fracasaba, pensé que al menos la convencería para que le diera a Barbara la parte que falta de la escritura.

—¿Y lo has hecho? —exigió Jase.

Garrett hizo una mueca, consciente de que había permitido que su atracción por Ali lo distrajera de su propósito.

—Aún no —admitió con desgana—. Mi intención era conocerla un poco antes, para descubrir la mejor manera de obtener su cooperación.

—¿Y lo has hecho? —repitió Jase.

—No, pero he descubierto cosas sobre ella que me llevan a pensar que estaría dispuesta a encontrarse con Barbara. Con todos vosotros.

—Por Dios, que me verá —exclamó Jase, airado—. Está en mi propiedad, en mi cabaña. Me gustaría que intentara irse de este rancho sin conocerme antes.

—Ése es exactamente el tipo de actitud que arruinará toda posibilidad de reencuentro entre Barbara y Ali —Garrett inspiró y soltó el aire lentamente, comprendiendo que su ira había alcanzado el mismo nivel que la de Jase—. Por eso estoy aquí —dijo, más sereno—. Tenemos que hablar.

—Vamos dentro —dijo Jase, tras mirarlo fijamente un momento—. Mandy querrá participar.

***

–¿Estás diciendo que los Moran mintieron? –preguntó Jase, dubitativo.

–No lo sé con seguridad –contestó Garrett–. Aún no le he hecho preguntas directas a Ali, pero sí, creo que mintieron –arrugó la frente e hizo girar la taza de café entre sus manos–. Yo no estaba allí cuando os reunisteis con los Moran, pero no recuerdo que mencionarais que Ali no tenía contacto con sus padres adoptivos.

–No –Jase movió la cabeza–. No indicaron que hubiera ningún problema entre ellos.

–Pues lo hay. Y grandes. Desde hace años. Desde que se trasladó a Texas, hace diez años, Ali no ha tenido contacto con sus padres adoptivos.

–¿Qué? –Jase intercambió una mirada con Mandy y después volvió a centrarse en Garrett–. Los Moran no dijeron nada de que no tuvieran contacto con Ali.

–No me extraña, dado que le dieron la patada y la dejaron en la calle.

–Será mejor que te expliques –Jase se hundió en la silla. Era obvio que no sabía nada al respecto.

Garrett compartió con ellos la historia de la ruptura de Ali con sus padres y su traslado a Texas, concluyendo con la información de que Ronald Fleming, en vez de Ali, había heredado Vista.

–Diablos –murmuró Jase, obviamente conmovido por la historia de Ali.

–Sí –rezongó Garrett–. Diablos. Por lo que me ha contado, la vida con sus padres adoptivos fue todo menos agradable.

–Habiendo conocido a los Moran –dijo Jase con acidez–, yo diría que la culpa es de ellos, no de Ali.

—Eso mismo opino yo —afirmó Garrett.

—¿Y qué hacemos ahora? —preguntó Mandy—. ¿Contarle la verdad sobre el pasado? Explicarle que Jase es su hermano gemelo y que Barbara desea conocerla?

Garrett resopló y movió la cabeza.

—No sé qué hacer. Quiero decírselo, y lo haré. Lo que no tengo claro es el cuándo. Va a impactarle mucho, lo haga como lo haga —miró a Jase—. Recuerda cómo reaccionaste tú al enterarte.

—Me enfadé muchísimo. No lo dudes —rezongó Jase. Miró a Mandy y, sonriendo, agarró su mano—. Si no hubiera sido por Mandy, seguramente no habría accedido a conocer a mi padre. Y sin la información que me dio Eddie, dudo que hubiera buscado a mi madre.

Apretó suavemente la mano de Mandy y se volvió de nuevo hacia Garrett.

—Has pasado tiempo con Ali, la conoces mejor que nosotros. ¿Cómo crees que deberíamos decírselo?

—Dudo que haya una buena manera —admitió Garrett con pesar—. En retrospectiva, veo que haber ido a Austin y alojarme en su casa con la excusa de buscar una propiedad, en vez de decirle la verdad desde el principio, fue un gran error. Me temo que he complicado las cosas aún más iniciando una relación con ella.

—¿Una relación? —Jase estrechó los ojos.

—Nos hemos hecho… amigos —Garrett bajó la mirada—. Cuando comprenda que la engañé… —se pasó la mano por la cara, consternado—. Bueno, dudo que vaya a tenerme mucho aprecio, y eso complicaría las cosas, dado que tenemos a Barbara en común.

—El factor confianza —afirmó Mandy con voz grave—. Es muy importante para una mujer.

—¿Qué te parece esto? Tráela a cenar. Deja que me haga una idea de la situación, que nos conozcamos. Tal vez todo resulte más fácil de lo que creemos ahora.

Garrett reflexionó un momento y asintió, incapaz de pensar en un plan mejor.

—De acuerdo, pero deja que pase unos días más con ella. Tal vez encuentre la manera de explicarle mi parte en este lío, antes de decirle que eres su hermano. Iremos poco a poco. Así será menos traumático.

Ali intentó no enfadarse mientras hacía la cama, pero le resultó difícil. No entendía por qué Garrett no había querido que lo acompañara a ver a su amigo Jase. Ella no habría interferido en absoluto en su conversación «entre hombres». Tenía más sentido común que eso. Habría pasado el tiempo charlando con Mandy.

Sonrió al pensar en Mandy y en lo preciosa que estaba con su vientre redondeado. Dudaba que Mandy fuera consciente de su expresión de amor cuando se tocaba el vientre y hablaba del bebé. A Ali le había parecido muy dulce. No sabía nada de bebés, aunque desearía tenerlos en el futuro. Pero no tenía amigas que tuvieran hijos y por eso no sabía nada de niños ni de mujeres embarazadas.

Agarró un almohadón de la cama y se lo puso bajo la camisa. Luego se miró en el espejo, para comprobar qué aspecto tendría embarazada. Rió al ver la grotesca imagen y se puso de perfil.

–¿A qué hombre podría gustarle eso? –se preguntó, riendo. Colocó los brazos sobre el bulto, tal y como había visto hacer a Mandy, e intentó imaginarse cómo sería saber que un bebé crecía en su interior, cómo se sentiría cuando el bebé se moviera. Si dolería o haría cosquillas.

Se miró de frente otra vez, preguntándose cómo una persona podía llevar un bebé dentro nueve meses, sentirlo crecer y moverse, sufrir el parto y luego entregárselo a unos desconocidos, como había hecho su madre. Se preguntó si su madre natural habría llorado, si se había arrepentido de dar a Ali en adopción.

Sacó el almohadón y se sentó al borde de la cama, haciéndose preguntas respecto a su madre. ¿Sería rubia, como Ali? ¿Sería alta, baja, graciosa, seria? ¿Estaba casada con el padre de Ali? ¿Dónde vivía? ¿Tenía más hijos? ¿Era rica, pobre, feliz, desgraciada, inteligente, tonta? ¿Ama de casa? ¿Profesional?

Echó la cabeza hacia atrás y soltó un gruñido. A lo largo de los años había practicado ese mismo juego multitud de veces. Y siempre con el mismo resultado. No tenía forma de contestar a las preguntas que llevaba haciéndose desde que tenía uso de razón. Cualquier vínculo que hubiera podido tener con su madre, se había roto el día que la entregó en adopción.

Soltó el aire y miró el almohadón otra vez. Pensó que era curioso; Garrett y ella habían tenido infancias muy distintas, pero con varias similitudes. Ninguno de ellos había sido criado por la mujer que lo había traído al mundo. Y ambos tenían padres, padre en el caso de Garrett, incapaces de ofrecerles amor y afecto.

Sus labios se curvaron al imaginarse a Garrett de niño, cuando conoció a una madrastra que le prestaba atención y se preocupaba por él. Ella nunca había tenido eso. Había visto ese tipo de relación en casa de sus amigas, por eso sabía que existía. Así había comprendido que el dolor que sentía en su interior lo causaba el no recibir el cariño y atención que recibían sus amigas.

Garrett y ella tenían algo muy importante en común. A ambos se les había negado el amor en una etapa de su vida.

Intrigada por la coincidencia, pensó en el tiempo que habían pasado juntos y en las impresiones que tenía de él. Cuando llegó a Vista le había parecido un esnob arrogante, que tenía demasiada buena opinión de sí mismo. También le había parecido sexy como un pecado. Se rió al pensar en esa contradicción.

Su sonrisa se apagó al comprender que ya no pensaba así, aunque seguía pareciéndole pecaminosamente sexy. Bastaba con que la mirase y la tocara para que le temblaran las piernas.

Abrazó el almohadón, recordando las horas que habían pasado haciendo el amor. La sensación de sus manos en la piel. La forma en que sus ojos se oscurecían con la pasión y brillaban cuando se reía. La presión de su boca. Su sabor. La sensación de plenitud que experimentaba cuando sus cuerpos se unían.

Interrumpió el pensamiento, consciente del rumbo que tomaba su mente. Estaba pensando en la posibilidad de una relación permanente, y eso era imposible. Era posible que se hubiera enamorado de Garrett, y que él empezara a tenerle aprecio. Pero los hombres como Garrett se enamoraban de debutantes y herederas. Mujeres que compartían su círculo social y su estilo de vida. Mujeres que se movían con gracia y elegancia en el mundo de los ricos. Los hombres como él no se enamoraban de su casera. Y menos aún se casaban con ella.

Se puso una mano en el estómago, odiando la idea de tener que separarse de él.

–¿Te encuentras mal?

Alzó la cabeza y vio a Garrett en el umbral, con expresión preocupada. Soltó un suspiro y se puso en pie, dejando la almohada.

–Creo que he comido demasiada tarta de chocolate –mintió.

–¿Necesitas tomar algo? Puede que haya bicarbonato en el botiquín del cuarto de baño.

–No hace falta. Ya se me pasará.

–Túmbate un rato –aconsejó él, abriendo la cama que ella acababa de hacer–. Tal vez te encuentres mejor después de una siesta.

Ella permitió que la guiara a la cama.

–¿Garrett? –preguntó, cuando él la tapó.

–¿Qué?

–¿Con qué tipo de mujeres sueles salir?
–Pues no sé –la miró confuso–. ¿Por qué?
–Por nada. Simple curiosidad.
Él reflexionó un momento y movió la cabeza.
–No creo que salga con un tipo en concreto. Que sea mujer. Yo diría que es el único requisito. Y que esté libre –añadió–. Pero si quieres saber la verdad, apenas tengo tiempo para citas –la besó en la frente–. Descansa un rato. Estaré en la sala si necesitas algo.
–¿Garrett? –llamó ella, cuando ya salía.
–¿Qué? –se dio la vuelta de nuevo.
–¿Quieres echarte la siesta conmigo?
Él titubeó un momento. Luego fue hacia la cama y se quitó los zapatos.
–Sabes tan bien como yo que si me meto en esta coma, ninguno de los dos dormirá la siesta.
–Ya. Lo sé –sonriente, alzó la sábana.

Garrett tuvo la sensación de que lo miraba, y descubrió que así era.
–¿Qué? –preguntó.
–Nada –movió la cabeza y volvió a fijar la mirada en el sendero por el que caminaban–. Me preguntaba por qué Jase y tú no estáis pasando tiempo juntos. ¿Os habéis peleado o algo así?
Él soltó el aire lentamente. Durante las últimas cuarenta y ocho horas lo habían preocupado muchas cosas, pero no pasar tiempo con Jase no era una de ellas. Se había devanado los sesos, buscando la manera de sincerarse con Ali, de decirle quién

era y hablarle de su familia biológica sin que ella lo odiara. Pero no la había encontrado.

—¿Qué pasa? ¿Intentas librarte de mí? —bromeó, intentando distraerla.

Ella se echó a reír y se agarró a su brazo.

—En absoluto. Pero no quiero que te sientas obligado a quedarte en la cabaña por mí. Es tu amigo y dudo que os veáis a menudo. Deberías aprovechar la oportunidad, ahora que estás aquí.

A él no lo sorprendió que pusiera las necesidades de él por encima de las de ella; era otra cualidad que compartía con su madrastra.

—Estoy seguro de que su viaje le ha hecho retrasarse en sus obligaciones —dijo él, con vaguedad—. Llamará o pasará por aquí cuando tengo un momento libre.

—Si tú lo dices —aceptó ella—. Pero no quiero que te sientas obligado a hacer de niñera mía.

Consciente de que no podía retrasar mucho más el llevarla a la casa, se detuvo y la hizo girar para que lo mirase a la cara.

—Si supieras algo sobre una persona, que esa persona desconoce, ¿se lo dirías?

—No lo sé —soltó una risita—. Supongo. ¿Por qué? ¿Sabes algo de Jase que él desconoce?

Garrett bajó la vista y acarició sus nudillos con el pulgar.

—No, pero Jase tiene que ver con el tema —alzó la vista y abrió la boca, con la intención de hablarle de su familia biológica, tal y como le había prometido a Jase. Pero después la cerró, sabiendo que aunque tuviera un centenar de años para cumplir su tarea, no encontraría las palabras adecuadas. No sin que ella lo odiara.

Y no quería que Ali lo odiara. Movió la cabeza de lado a lado y la abrazó.

–No importa.

–Pero si te preocupa, me gustaría ayudarte –dijo ella, apartándolo para mirarlo a los ojos.

–Gracias, pero no puedes –sonrió con tristeza y negó de nuevo. Puso un brazo sobre sus hombros y reanudó el paseo–. Cuando regresemos a la cabaña telefonearé a Jase, a ver si ya se ha puesto al día. Creo que es hora de que os conozcáis.

Garrett no veía manera de que la velada acabase bien. Si hubiera podido dar marcha atrás, nunca habría engañado a Ali. Le habría dicho quién era y por qué estaba allí desde el primer momento.

Por supuesto, ella podría haberle dado con la puerta en las narices, y volverían a estar como antes, con la familia incompleta y sin una parte de la escritura.

En cualquier caso, no servía de nada perder el tiempo arrepintiéndose. Lo hecho, hecho estaba, y tendría que aceptar las consecuencias, y la reacción de Ali hacia él cuando se enterase.

–Estás muy callado. ¿Algo va mal?

Miró a Ali, que lo observaba preocupada desde el asiento del pasajero.

–No. Supongo que no tengo nada que decir.

–Mandy y Jase han sido muy amables invitándonos a cenar.

–Sí, es cierto.

—Ojalá tuviera algo que llevar. Flores, o algo. Odio llegar con las manos vacías.

—Nos han invitado a cenar. No esperan que contribuyamos a la comida.

—Lo sé. Pero Mandy nos llenó el frigorífico, y nos trajo esa deliciosa tarta de chocolate. Y está embarazada. Me gustaría hacer algo agradable por ella.

—No hace falta que vayamos —la miró de soslayo—. Podemos regresar a la cabaña, si lo prefieres.

—¿Estas loco? —lo miró atónita—. Quiero cenar con tus amigos.

—Entonces, ¿a qué tanta preocupación?

—Hombres —apretó los labios y volvió la vista hacia la ventanilla—. No tenéis un ápice de cortesía social en todo el cuerpo.

Él se rió, a pesar de lo nervioso que estaba.

—Puede que no tengamos cortesía, pero apuesto a que tenemos menos úlceras.

Ella le lanzó una mirada asesina y luego volvió a mirar al frente.

—Nos ofreceremos a fregar los cacharros —decidió—. Ésa será nuestra contribución a la cena.

—Habla por ti. Yo no friego cacharros.

—Ingrato —masculló ella entre dientes, haciéndole reír.

Cuando llegó a la casa su sonrisa se esfumó.

—Mira —exclamó ella, excitada—. Están esperándonos en el porche.

Garrett miró el amplio porche, donde Mandy y Jase estaban sentados en un columpio de madera. Rezando porque la velada fuera bien, aparcó y paró el motor.

Ali saltó del coche y agitó la mano, saludando.

Mandy y Jase se levantaron y los esperaron en los escalones. Antes de que Garrett tuviera tiempo de hacer las presentaciones, Ali subió la escalera y extendió la mano.

–Hola, Jase. Soy Ali.

Garrett contempló la expresión de Jase mientras estrechaba la mano de Ali, y lo sorprendió la emoción que denotaba su rostro.

–Encantado de conocerte, Ali –soltó su mano y se hizo a un lado, cediéndoles el paso–. Mandy y yo estábamos a punto de tomar una taza de sidra caliente con especias. ¿Os apetece?

–A mí sí. Gracias.

–Tengo que decirte que te odio –dijo Ali, agarrándose al brazo de Mandy–. Me he comido por lo menos la mitad de la tarta.

Riéndose, Mandy la llevó hacia un grupo de sillones de mimbre.

–Mejor tú que yo. He ganado tanto peso que mi obstetra amenaza con coserme la boca.

–Vamos, Garrett –dijo Jase, impidiendo que Garrett se reuniera con ellas–. Puedes ayudarme con la sidra; dejaremos que las mujeres hablen de calorías y bebés.

Una vez dentro, Jase se detuvo y apoyó una mano en la puerta.

–¿Estás bien? –preguntó Garrett.

Jase asintió, luego tomó aire y se enderezó.

–Es muy raro. Saber que somos hermanos y es una desconocida. Una auténtica desconocida.

–Sí, supongo que eso es difícil de aceptar.

—Lo es —corroboró Jase, yendo hacia la cocina—. Pero parece agradable. Amistosa como un cachorrillo. Y se parece tanto a mamá que casi da miedo.

—Sí. Eso a mí también me pilló por sorpresa.

—Vamos a decírselo —afirmó Jase, deteniéndose en el umbral y mirándolo a los ojos—. Puedes elegir el momento, pero no se irá del rancho sin saber que tiene una familia que desea conocerla.

Garrett asintió con gravedad, sabiendo que al entregarle a Ali a su familia, tenía muchas posibilidades de perderla para siempre.

—Sí. Es lo justo.

Ali caminaba al lado de Mandy, que le estaba enseñando la casa de infancia de Jase.

—Es preciosa —dijo Ali, impresionada con los techos altos y las espaciosas habitaciones.

—Siempre me encantó esta casa —confesó Mandy—. Cuando estaba en el instituto, trabajaba para la madre de Jase, y soñaba con vivir aquí con él, algún día.

—¿En serio? —se sorprendió Ali—. ¿Jase y tú erais novios en el instituto?

—¡Cielos, no! —se rió Mandy—. Yo era más bien una especie de hermana pequeña. Jase era el mejor amigo de mi hermano —aclaró—. Estaba loca por él, pero nunca me consideró más que la hermanita pequeña de Bubba.

—Es obvio que ya no te ve así. ¿Cómo empezasteis a salir?

—Es una larga historia —dijo Mandy, conduciódola a la sala de estar. Señaló el mullido sofá–. Vamos a sentarnos y te haré una versión resumida de nuestro romance.

Mandy se sentó en el sofá, recogió una pierna y se ladeó para mirar a Ali de frente.

–Regresé a San Saba después de divorciarme, para estar cerca de mi familia y amigos mientras me reajustaba a la vida de soltera. La madre de Jase había fallecido un par de meses antes y él estaba desesperado por encontrar a alguien que se ocupara del papeleo relativo al negocio familiar. Como yo ya tenía experiencia trabajando con su madre, pensó que sería la persona perfecta.

–Está claro que eras perfecta para algo más que el trabajo –bromeó Ali.

–Eso creía yo, pero Jase tardó bastante en darse cuenta de que ya no era una niña. E incluso entonces no quiso comprometerse conmigo. Sabía que me quería y yo creía haberle dejado claro que estaba enamorada de él, pero disfrutaba con su vida de soltero y no quería renunciar a ella.

Sonrió con nostalgia, recordando los viejos tiempos.

–Además, rechazaba la idea del matrimonio. Es adoptado, ¿sabes? –explicó Mandy–. Lo inquietaba no saber quiénes eran sus padres, qué clase de personas eran. Yo, por supuesto, no lo sabía. Nadie lo sabía. Se lo guardaba todo. Si un médico le pedía los antecedentes de su familia, se ponía muy nervioso, porque no tenía ni idea.

Al ver la expresión de Ali, se apresuró a dar más detalles.

—Adoraba al señor y la señora Calhoun, desde luego. Siempre los vio como sus auténticos padres. Fue enfrentarse al hecho de que era adoptado lo que le causaba problemas. No se atrevía a casarse y tener hijos sin saber nada de sí mismo ni de los genes que portaba.

—Por lo que veo, lo superó —dijo Ali, mirando el vientre abultado de Mandy.

—Sí y no —Mandy se puso una mano en el vientre—. Sí, decidió casarse y tener hijos, y no, no superó su preocupación —tras una breve pausa siguió hablando con cautela—. Conoció a su padre y cuando comprobó que era normal, no un degenerado ni nada malo, se decidió a proponerme matrimonio.

—¿Estás hablando de esa pobre excusa de padre que tengo? —bromeó Jase, entrando con Garrett.

Mandy alzó la cabeza, riéndose, y extendió la mano hacia Jase.

—No, estoy diciéndole lo dulce y adorable que es el padre que tienes.

—No lo habría conocido de no ser por Mandy —Jase se arrodilló a sus pies y le besó los dedos de la mano—. Ella lo conoció antes que yo. De hecho, fue quien lo localizó. Si lo hubiera dejado en mis manos, nunca nos habríamos reencontrado.

—¿En serio? —preguntó Ali, sorprendida—. Yo habría pensado que darías saltos de alegría por la posibilidad de conocer a tu padre biológico. Desde luego, yo los daría.

Se hizo un profundo silencio y Ali frunció el ceño al ver que había tres pares de ojos clavados en ella.

–¿Qué? –preguntó, intranquila–. ¿He dicho algo inapropiado?

Garrett le dio un golpecito y ella se movió para hacerle sitio en el sofá, a su lado.

–¿Qué? –repitió, inquietándose aún más al ver su expresión sombría.

–¿Cuánto sabes de los padres que te dieron en adopción? –preguntó Jase.

–Yo…, bueno, nada –le contestó–. Nací en un hospital en Carolina del Norte, pero… –se detuvo y lo miró con extrañeza–. ¿Cómo sabes que soy adoptada? –miró a Garrett–. Ni siquiera te lo he dicho a ti.

–No –admitió él–. No me lo dijiste.

–¿Tus padres adoptivos te hablaron alguna vez de tus padres biológicos? –preguntó Jase.

–No que yo recuerde. ¿Por qué?

–Mi madre biológica me escribió una carta. Pensé que quizá también te habrían dado una a ti.

Ella negó con la cabeza y arrugó la frente, desconcertada por el extraño rumbo que tomaba la conversación.

–No. Sólo tengo una partida de nacimiento, pero en él figuran los nombres de mis padres adoptivos. Los Moran.

–¿Indica tu partida de nacimiento si fue un parto simple o un parto de mellizos?

Ella soltó una risita nerviosa y miró a los tres, de uno en uno.

–¿Qué es esto? ¿Una inquisición?

–No –le aseguró Jase–. Sólo siento curiosidad.

–Simple –contestó, aunque no entendía por qué podía importarle eso a él.

Jase intercambió una mirada con Garrett, que Ali fue incapaz de interpretar.

–¿Qué ocurre? Tengo la sensación de que todos sabéis algo que yo desconozco.

Sintió el peso de una mano sobre la suya y miró a Garrett. Se le encogió el estómago al ver el rictus de su rostro.

–Garrett, por favor, explícame qué ocurre.

–Tal vez debería decírselo yo.

–Decirme, ¿qué? –Ali se volvió hacia Jase, que era quien había hecho la oferta.

–He conocido a tus padres adoptivos, Ali.

–¿Conoces a mis padres? –lo miró confundida.

–Fui a verlos.

–Pero… ¿por qué? –Ali no podía pensar, ni respirar. Nada de lo que decían tenía sentido.

–Yo nací en un parto de mellizos.

–¿Y? ¿Qué tiene eso que ver conmigo y con mis padres adoptivos?

–Soy tu mellizo.

–¿Qué? –ella se levantó de un salto y negó con la cabeza–. No. Esto es una locura –miró a Garrett en busca de ayuda–. ¿Por qué dice esas cosas? No tengo ninguna relación con él. Nací en un parto simple –miró de nuevo a Jase–. Simple –repitió–, no de mellizos.

Él se puso en pie, frente a ella.

–No sé por qué tu partida de nacimiento dice eso, pero eres mi melliza –sacó una hoja doblada del bolsillo de la camisa y se la ofreció–. Ésta es mi partida de nacimiento.

Ella se la quitó de la mano y la abrió.

La fecha. El Estado, Carolina del Norte. El nombre del hospital. Todo coincidía con su partida de nacimiento. La única diferencia estaba en los nombres que figuraban como padre y madre. Incluso con esa prueba en la mano, no podía creer que fuera verdad.

–No –susurró, moviendo la cabeza–. No eres mi hermano. No puedes serlo.

–Sé que es difícil creerlo, pero lo soy –le quitó el documento de las manos temblorosas y volvió a guardarlo en el bolsillo.

–No lo entiendo –miró a Garrett–. ¿Tú lo sabías? –su expresión de culpabilidad hizo innecesaria una respuesta–. ¿Cómo? ¿Por qué?

–Mi madrastra es tu madre biológica –contestó Garrett.

–No –se puso pálida como una sábana y dio unos pasos hacia atrás–. No –sollozando, se dio la vuelta y salió corriendo de la habitación.

Jase iba a seguirla, pero Garrett agarró su brazo y lo detuvo.

–No. Deja que hable con ella. Soy el responsable de todo esto.

Jase deseaba negarse, pero al final accedió.

–De acuerdo –dijo, apuntando con un dedo a la nariz de Garrett–. Pero no se marchará del rancho. No hasta que haya escuchado toda la historia.

Capítulo Siete

El regreso a la cabaña fue una auténtica tortura, con Ali acurrucada contra la puerta, mirando por la ventanilla. En cuanto entraron, fue derecha al dormitorio y empezó a hacer el equipaje.

–Ali, deja que te lo explique –pidió él, poniendo una mano en su hombro.

–Sí, por favor, hazlo. Creo que me merezco una explicación –le espetó ella.

–Vamos a sentarnos –sugirió él, agarrando su mano.

–No quiero sentarme –rechazó ella, liberando su mano de un tirón.

–Vale. De acuerdo –levantó las dos manos–. Hablaremos de pie –dejó caer los brazos–. Primero, deja que te diga que lo siento. Nunca pretendí que las cosas salieran así. No pretendía herirte. No –corrigió, moviendo la cabeza–. Eso no es verdad. Sí pretendía herirte.

Ella se encogió como si la hubiera golpeado.

–Ali, por favor –estiró un brazo hacia ella.

–No. No me toques –dio un paso atrás, liberando las lágrimas–. Lo sabías. Todo el tiempo sabías de mí, de mis padres, de mi adopción. Sabías que tu madrastra era mi madre biológica, que Jase era mi hermano, y no dijiste una palabra. Me dijiste que habías ido a Austin para buscar terreno. ¿Por qué, Garrett? ¿Por qué me mentiste?

—No era mentira. Sí buscaba un terreno.

—Qué conveniente –dijo ella con resentimiento–. Tenías que ir a Austin de todas formas, así que de paso aprovechaste para seducir a la hija de tu madrastra.

—No fue así, y tú lo sabes –protestó él, airado.

Al darse cuenta de que había gritado, tomó aire lentamente, para calmarse. Luego siguió.

—No te dije quién era porque temía que te negaras a hablar conmigo. Pensé que si te conocía un poco, descubriría la manera de persuadirte para que te reunieras con tu madre, para que hablaras con ella.

—¿Persuadirme? –repitió ella, incrédula–. ¡Llevo toda la vida deseando conocer a mi madre! Soñaba que algún día mi padre y ella comprenderían que habían cometido un error y les exigirían a los Moran que me devolvieran. No necesitabas persuadirme. Sólo tenías que pedirlo.

—No lo sabía –se tapó la cara con las manos y se sentó al borde de la cama–. Ninguno lo sabíamos. Cuando mamá y Eddie fueron a ver a los Moran, con la esperanza de encontrarte, les dijeron que no querías saber nada de ellos. Que querías que te dejáramos en paz –alzó la cabeza para mirarla–. Yo te odiaba por eso. Por hacer daño a mi madrastra. Eddie y Jase querían buscarte de todas formas, pero Barbara se negó a que lo hicieran. Les hizo prometer que cumplirían sus deseos. Por eso fui a verte yo.

—Y te acostaste conmigo –lo acusó ella–. ¿Cómo pudiste hacerme el amor y no decirme quién era y lo que sabías de mí? ¿Y que conocías a mis padres y a mi hermano?

Sus miradas se encontraron y él deseó con toda su alma haberle dicho desde el principio quién era y por qué estaba allí. Sabía que no tenía excusas, ni palabras que pudieran ganar su perdón.

–Vuelvo a mi casa –dijo ella, volviendo a meter ropa en la bolsa.

–Ali. No puedes.

Ella soltó una risa tan amarga, tan cargada de dolor que a él se le partió el corazón.

–Ah. Cierto. Ya no tengo una casa a la que regresar.

–No me refería a eso –corrigió él con frustración–. Allí no estarías segura.

–Bien –cerró la cremallera de su bolsa de viaje–. Entonces iré a casa de Traci –con la bolsa en la mano, fue hacia la puerta–. Allí estaré a salvo. Quienquiera que sea tu asesino en potencia, no me buscará allí. Me llevaré el coche de alquiler, el contrato está a mi nombre. Tú, don archimillonario, puedes encontrar otro medio de transporte.

Él la observó marchar. No tenía derecho a pedirle que se quedara y, de haberlo tenido, nada que hiciera o dijera conseguiría que Ali cambiase de opinión.

Ali paseaba por la cocina de Traci, con una mano en la boca, controlando las lágrimas.

–¡Todo era una gran mentira! –bajó la mano y se volvió hacia su amiga–. ¡Y yo me la creí y lo creí a él!

–¿Por qué te ocultó su identidad? –preguntó Traci, confusa–. ¿Por qué no decirte que conocía a tu familia?

–Porque creía que no quería conocer a mis padres biológicos. Igual que los demás.

–Eso es una locura. ¿Por qué iban a pensar algo así?

–Porque mis padres, los adoptivos, les dijeron que no quería saber nada de ninguno de ellos.

–Pero eso no explica que Garrett no te dijera quién era él.

–Pensaba que si me lo decía, me negaría a hablar con él –sus ojos se llenaron de lágrimas–. ¡Me acosté con él! –gimió–. ¿Puedes imaginar cómo me siento? No significó nada para él, pero muchísimo para mí.

Ali se dejó caer en una silla.

–No importa –dijo con voz cansina–. Ya no –tomó aire y se obligó a no pensar en Garrett.

–Tengo un hermano, Traci –dijo, aún incapaz de creerlo–. Un hermano mellizo –afloraron nuevas lágrimas–. Y probablemente no vuelva a verlo nunca.

–No digas eso –Traci se arrodilló a su lado y rodeó sus hombros con un brazo–. Lo verás.

–Tú no estabas allí –dijo Ali con tristeza–. Le grité. Grité a todos. Me negué a creerlo hasta que me enseñó su partida de nacimiento.

–Es normal que actuaras así –la tranquilizó Traci–. Si hubiera sucedido al revés, estoy segura de que él habría reaccionado de la misma manera. Date un poco de tiempo. Cuando hayas absorbido la noticia, puedes llamarlo y conocer al resto de tu familia.

–No, no puedo –sollozó Ali.

–Claro que sí –Traci le dio un abrazo–. Ahora te sientes abrumada, nada más.

–¿No lo entiendes? –gritó Ali con frustración–.

No puedo reunirme con ellos. No si Garrett es parte de sus vidas.

–Eso es totalmente ridículo –aseveró Traci con voz firme–. El que sea el hijastro de tu madre no te impide tener relación con tus padres.

–Pero tendría que verlo, oír hablar de él –movió la cabeza–. No lo soportaría. Me haría demasiado daño.

–¿Estás enamorada de él? –preguntó Traci, con los ojos muy abiertos.

Ali empezó a negar con la cabeza, luego asintió y las lágrimas surcaron sus mejillas.

–Ay, Ali –murmuró Traci.

Se sentaron en silencio un momento, hasta que Traci se puso en pie abruptamente.

–Bueno, puede que estés dispuesta a desperdiciar la oportunidad de conocer a tu familia, pero yo no voy a permitirlo. Vamos a telefonear a Jase. Te mereces conocer los detalles de tu nacimiento, conocer a tus padres. Y si te preocupa encontrarte con Garrett, Jase puede venir aquí. Yo estaré contigo. Como apoyo, si lo necesitas –apuntó a Ali con un dedo–. Pero vamos a llamarlo. No voy a permitir que Garrett Miller te robe la oportunidad de conocer a tu familia. Tienes tanto derecho a formar parte de su vida como él. Puede que incluso más.

Traci obligó a Ali a llamar a Jase, y organizaron una reunión para dos días después.

Aunque Traci sabía a qué hora iban a llegar Jase y Mandy, cuando sonó el timbre de la puerta saltó del sofá como catapultada.

–Están aquí –se volvió hacia Ali y le dio un abrazo tranquilizador–. No te preocupes. Estaré contigo todo el tiempo. Si tu hermano o tu cuñada dicen o hacen algo que te moleste, dilo y los echaré de una patada.

–Gracias –Ali forzó una sonrisa–. Espero que eso no sea necesario.

Traci fue abrir la puerta y Ali, se levantó, secándose las palmas sudorosas en el pantalón.

Mandy entró primero y en cuanto Ali vio a la mujer que había sido tan amable con ella, las lágrimas afloraron de nuevo.

–Oh, Ali –dijo Mandy. Cruzó la habitación a toda prisa y la rodeó con los brazos–. Lo siento mucho –sollozó–. Todo esto ha sido un caos.

–Sí –Ali, atenazada por la emoción, no pudo decir más.

Mandy se apartó, le agarró las manos y apretó con suavidad.

–Vamos a enderezarlo todo, te lo prometo –se volvió hacia su marido–. ¿Verdad, Jase?

–Eso espero, desde luego –se acercó y puso una mano en el hombro de Ali–. Ya he pasado demasiado tiempo sin mi hermana.

Tras hablar con Jase y Mandy durante más de una hora, Ali aún tenía preguntas que hacer.

–¿Y dices que los Moran nunca te dieron una carta de nuestra madre? –preguntó Jase.

–No. Lo recordaría si me la hubieran dado. Pregunté por mis padres biológicos muchas veces, pero me dijeron que había sido una adopción privada y no sabían nada de ellos. Intenté encontrarlos por mi cuenta. Sólo contaba con la escasa información de mi partida de nacimiento. Llamé al hospital y me dijeron que no podían ayudarme, que tendría que hablar con el abogado que hubiera llevado el caso –encogió los hombros–. No sabía quién era, así que me rendí.

–Mamá te escribió una carta –le aseguró Jase–. Igual que a mí. Ella me lo dijo. Incluso pegó un trozo de escritura en la parte de atrás, que le dio Eddie, nuestro padre. Yo tengo la otra mitad.

–¿Un trozo de escritura? –Ali arrugó la frente.

–Eso en sí mismo es toda una historia –intervino Mandy–. La noche antes de partir hacia Vietnam, Eddie estuvo en un bar con otros soldados. Estuvieron bebiendo con un ranchero que redactó un título de propiedad, lo rompió en seis pedazos y entregó uno a cada soldado; les dijo que cuando regresaran de Vietnam reunieran los pedazos y les regalaría el rancho.

–¿Bromeas? –Ali enarcó una ceja–. ¿Les regaló su rancho, sin más?

–Era viudo –explicó Jase, retomando la narración–. Su único hijo había muerto en Vietnam. Eddie cree que el ranchero sabía que tenían miedo, conocía los peligros a los que iban a enfrentarse, y por eso les dio una razón para sobrevivir a la guerra y regresar a casa.

–¿Les dio su rancho? –a Ali le costaba creer que un desconocido hubiera hecho algo así.

–Eso parece –Jase se encogió de hombros–. Todos los trozos han aparecido, menos el de Eddie. Él le dio el suyo a mamá y le pidió que se lo guardara hasta que acabase la guerra. Cuando ella descubrió que estaba embarazada, intentó ponerse en contacto con Eddie, pero le dijeron que había caído en la batalla. Era información errónea –se apresuró a aclarar–. Sólo estaba herido. Pero mamá, creyéndolo muerto y sabiendo que iba a tener mellizos, decidió darnos en adopción. Supongo que entenderás su razonamiento. ¿Una mujer sola criar a mellizos? Asustada y desolada, no se sentía capaz de cuidarnos y pensó que tendríamos una vida mejor sin ella.

Abrió las manos, con gesto de resignación e hizo una pausa antes de continuar con la historia.

–Nos escribió una carta a cada uno. Lo único que tenía de Eddie era el trozo de escritura que le había dado, así que lo partió por la mitad y pegó un trozo en cada carta, para que tuviéramos algo de él. Eso es todo. Ya te hemos contado cómo encontré yo mi parte y a nuestros padres.

–Mencionaste que había visitado a mis padres –empezó Ali.

–¿Los Doctores Metomiedo? –se estremeció–. Lo siento, pero son la gente más fría y poco amigable que he conocido en mi vida.

–¡Jase! –exclamó Mandy, horrorizada porque hubiera ofendido a Ali.

–Es verdad –escondiendo una sonrisa, Ali le dio una palmadita en la mano–. Su descripción es perfecta.

Mandy suspiró con alivio, pero aun así lanzó a Jase una mirada de advertencia.

—No nos dijeron nada —siguió Jase—. Al menos, de cómo encontrarte. Sólo dijeron que tú no querías saber nada de tu familia biológica.

—Y lo creísteis —dijo ella, recordando que Garrett le había dicho exactamente lo mismo.

—¿Por qué no íbamos a creerlo? —preguntó Jase—. No nos gustaron los Moran, pero no teníamos razón para pensar que mentían —movió la cabeza con tristeza—. Mamá se lo tomó fatal. Papá y yo estábamos dispuestos a poner el mundo patas arriba, hasta encontrarte, pero mamá se negó. Dijo que debíamos respetar tu derecho a la intimidad y nos hizo prometer que te dejaríamos en paz —hizo una mueca—. Por desgracia, no incluyó a Garrett en la promesa.

—Él tenía buenas intenciones —Mandy defendió a Garrett—. Está muy unido a Barbara. A veces es demasiado protector con ella. Lo encolerizó que no quisieras conocerla.

Ali abrió la boca para negarlo, pero Mandy alzó una mano.

—Lo sé, pero es lo que él creía. Lo que todos creíamos. Por eso decidió hacer de detective —levantó los ojos al techo con resignación—. No fue muy inteligente por su parte, pero lo guiaba su buen corazón.

—Si no os molesta, preferiría que no habláramos de él —dijo Ali.

Jase y Mandy intercambiaron una mirada.

—Bueno —Jase se dio una palmada en los muslos—. ¿Cuándo quieres conocer a mamá y a papá?

Ali no supo qué contestar. Las miradas expectantes de Jase y Mandy indicaban su deseo de que accediera a una reunión inmediata, pero una voz en su interior le gritó que tuviera cautela. Si aceptaba conocer a sus padres y, por la razón que fuera, decidían no formar parte de su vida, sufriría. Sus padres adoptivos la habían herido muchas veces en el pasado y la asustaba exponerse a más dolor.

Además, tenía que considerar el factor Garrett. Conocer a sus padres sin duda implicaría verlo de nuevo, y no estaba preparada para eso. Aún no.

–Necesito pensarlo –contestó con sinceridad–. Hay más consideraciones a tener en cuenta; no se trata sólo de conocer a mis padres biológicos.

La decepción de Jase se palpó en el ambiente. La de Mandy también, pero ella la enmascaró con una sonrisa bondadosa.

–No hay prisa –le aseguró a Ali–. Barbara y Eddie comprenderán que dudes. Tómate el tiempo que necesites y llámanos cuando estés lista.

Jase, sin más que decir, se puso en pie.

–Gracias por invitarnos a venir a hablar contigo –le dijo a Ali. Luego se volvió hacia Traci–. Y a ti por permitirnos utilizar tu casa.

–Yo… –Ali calló, abrumada por la emoción, como si estuviera diciéndoles adiós para siempre–. Lo siento –se puso en pie–. Yo… todo esto ha sido muy traumático.

Para su sorpresa, Jase le dio un fuerte abrazo.

–Esto no es un adiós –dijo, como si le hubiera leído el pensamiento–. Vamos a vernos a menudo –la apartó de su pecho y le sonrió–. Diablos, casi somos vecinos. San Saba no está tan lejos de aquí.

Ella lo miró, comprendiendo que era su forma de decirle que él seguiría formando parte de su vida, independientemente de la decisión que tomara con respecto a sus padres. Sus ojos se llenaron de lágrimas y su corazón de júbilo.

–No, San Saba no está lejos, en absoluto.

Ali no sabía qué sentiría al volver a Vista tras pasar una semana con Traci, pero desde luego no había esperado la melancolía que la sobrecogió mientras recorría las habitaciones que tanta alegría y seguridad le habían ofrecido durante diez años.

Intentó achacar su melancolía a que fueran a vender la casa y a verse obligada a trasladarse, dejando atrás el hogar que amaba. Pero sabía que en el fondo, ésa no era la razón. La raíz de su tristeza era el hombre con quien había compartido esa casa durante un breve periodo de tiempo. Mirara donde mirara, veía a Garrett. Sentado ante la barra de la cocina, desayunando. Tirado en el sofá de la sala de estar, viendo la televisión.

Ni siquiera sus habitaciones privadas le ofrecían un refugio. En el aire flotaba el olor a sándalo que siempre asociaría con Garrett, un recordatorio de la noche que había «elegido» su cama para dormir. Y, cuando se acostó, lo imaginó saltando sobre ella, como había hecho cuando lo despertó para decirle que había hombres rodeando la casa.

Intentó convencerse de que no se había enamorado de él. Que sólo sentía la atracción que sentiría cualquier mujer en compañía de un hombre tan rico e importante. Pero sabía que no era el caso. Por ridículo que fuera, se había enamorado. De un hombre que tenía tan poco respeto por ella y por sus sentimiento como las personas que la había criado. Un hombre que la había engañado y le había ocultado información buscando su propio beneficio.

Así que hizo lo solía hacer en los malos momentos. Aparcó en un rincón su tristeza y su decepción, negándose a darles importancia, y concentró sus energías en empaquetar las posesiones que había acumulado a lo largo de diez años.

Y si tenía que parar de vez en cuando para limpiarse alguna lagrimita, culpaba a la alergia y al polvo que estaba levantando. En ningún caso se debían a que echara de menos a Garrett.

Capítulo Ocho

–Entonces, ¿está en la cárcel? –le preguntó Garrett a Joe, su jefe de seguridad.

–De momento, en Suiza, pero los federales están negociando para que lo trasfieran a Estados Unidos. Como no ha cometido ningún crimen en su país, a los suizos no les importará conceder la extradición.

Garrett movió la cabeza, aún incapaz de creer que el hombre que había convertido su vida en un infierno durante tres meses hubiera dejado de ser una amenaza.

–¿Has podido hablar con él? –preguntó.

–Brevemente. Haremos un interrogatorio más detallado cuando lo tengamos en Estados Unidos.

–¿Dijo por qué quería matarme?

Joe hizo girar el mondadientes que solía colgar de un extremo de su boca y desvió la mirada, como si no quisiera compartir lo que sabía.

–Era a mí a quien quería asesinar –le recordó Garrett, para azuzarlo.

–Sí, desde luego –dijo Joe. Dejó escapar un suspiro y empezó a contarle lo que había averiguado–. Todo se reducía a celos y avaricia –resumió–. Tú lo tenías todo, y él lo quería.

–Pero, ¿por qué yo? –preguntó Garrett, frustrado–. Hay otros más ricos y que son un blanco más fácil.

—Pero no que fueran al mismo instituto que tú.

—¿Instituto? —repitió Garrett—. ¿Es alguien a quien conozca?

—No sé si lo conoces o no —Joe se encogió de hombros—. Se llama Matt Collins.

Garrett frunció el ceño, intentando poner rostro al nombre, pero no lo consiguió.

—Nunca he oído hablar de él.

—Él sí te conoce, desde luego. Lleva años pendiente de ti, y su odio fue creciendo según te hacías más y más rico. Se consideraba más listo que tú, y creía merecer lo que tú tenías. Trabajo como técnico para la empresa hace un par de años. Lo despedimos por robar equipo. Desde entonces ha ido de trabajo en trabajo, haciendo tiempo, esperando que llegara su oportunidad —se sacó el mondadientes mordisqueado de la boca y lo tiró en la papelera que había junto al escritorio—. Se metió de patitas en la trampa, sin imaginar ni por un momento de qué se trataba.

—¿Y el tipo que actuaba como mi doble? ¿Resultó herido?

—Ni un arañazo. La trampa se cerró antes de que él pudiera ponerle una mano encima.

Garrett se preguntó cuántas veces habría estado al alcance de ese hombre sin saberlo. Pero decidió que no podía permitirse pensar en eso si quería llevar una vida normal en el futuro.

—Agradezco mucho cuanto has hecho, Joe —se puso en pie y le ofreció la mano por encima del escritorio—. Te debo la vida.

—Sólo he hecho mi trabajo —Joe estrechó su mano con fuerza.

Garrett esperó a que la puerta se cerrase a espaldas de Joe y volvió a sentarse tras el escritorio, para seguir revisando el correo.

Vio un sobre acolchado y lo sacó del montón. Se quedó helado al ver el familiar logo de la Casa de Huéspedes Vista. La mano le había empezado a temblar, así que flexionó los dedos un par de veces antes de abrir el sobre. Miró en su interior y luego sacó el montón de fotografías que contenía. Una nota sujeta con clip rezaba: *Fotos de recuerdo de tu viaje a Texas, tal y como prometí.* Estaba firmada con la letra *A*.

Miró la nota un momento, luego maldijo, levantó el teléfono y marcó el número de Vista, diciéndose que era ridículo seguir así. Impaciente, escuchó cuatro timbrazos y después el clic del contestador al ponerse en marcha.

–Ha llamado a la Casa de Huéspedes Vista. Siento no poder atenderle en este momento. Por favor, deje su nombre y teléfono y devolveré la llamada lo antes posible».

Escuchó un momento, para asegurarse de que ella no contestaba y luego colgó. Agarró las fotos y se recostó en su sillón para mirarlas.

Se preguntó en qué categoría las pondría ella. Si en la de «temas» o la de «historias». Sólo aparecía él en cada foto, pero no recordaba que ella hubiera mencionado un número mínimo de sujetos para una u otra categoría. Se detuvo en la foto de él con la bota apoyada en la roca, y rió al recordar las instrucciones de Ali.

«Ahora expresión de desamparo. Ya sabes, como

si llevaras meses huyendo de la ley y echaras de menos a la bonita cabaretera que conociste en Dodge City».

Su sonrisa se desvaneció poco a poco. Si Ali buscaba desamparo, debería verlo en ese momento. Si la expresión la causaba echar de menos a una chica, debía ser un ejemplar perfecto, porque echaba endiabladamente de menos a Ali.

Con una mueca, dejó las fotos sobre el escritorio. Por desgracia, ella no debía sentir lo mismo. Miró de nuevo la nota. Nada de «Hola, cómo estás» o, mejor aún, «¿Podemos pulsar la tecla de «Rebobinar»? Parece que hemos empezado mal», como había dicho ella el día de su llegada a Austin.

Él sí que desearía pulsar «Rebobinar». Si pudiera volver al principio, haría las cosas bien.

Se tensó, planteándose la idea de una segunda oportunidad. Se dijo que era posible. Él había «rebobinado» cuando Ali se lo pidió. Debería exigirle lo mismo a ella.

«Enfadarse y engañar a alguien no son pecados de la misma categoría», apuntó la voz de su conciencia. Era verdad, seguramente ella no le concedería una segunda oportunidad.

Dejó caer la cabeza entre las manos. La echaba de menos, quería estar con ella. Y si fuera la mitad de listo de lo que la gente creía, le habría dicho que la amaba cuando tuvo oportunidad de hacerlo.

Cerró los puños. Tenía que haber una solución. Una manera de hacerle entender por qué había actuado así, de obtener otra oportunidad.

Lo más obvio era regresar a Texas y pedírsela.

Pero no podía aparecer en su puerta sin más. ¿Qué iba a decirle? Y, peor aún, ¿qué diría ella al verlo? No había duda al respecto: le cerraría la puerta en las narices.

Tenía que buscar una excusa, otra razón para ir a su casa. Y más le valía encontrarla pronto, porque ella no seguiría viviendo en Vista mucho más tiempo. No si Ronald Fleming conseguía su propósito.

Se tensó al recordar a Ronald Fleming. ¡Eso era!, pensó, levantándose de un salto.

¡No podría negarle la entrada a una casa de la que era propietario!

Durante el vuelo de vuelta a Austin, Ali esperó una reacción. Ira. Desconsuelo. Pérdida. Pero no sentía nada. Suponía que no debería haber esperado mucho tras enfrentarse a sus padres adoptivos con todo lo que había descubierto sobre su nacimiento. Ella no se arrepentía en absoluto. El arrepentimiento quedaba para sus padres, aunque estaba segura de que se creían por encima del bien y del mal. Y tampoco podía llorar por algo que nunca había tenido. Sus padres adoptivos nunca la habían querido de verdad, y lo que ella había podido sentir en otros tiempos había desaparecido con el paso de los años.

Cuando llegó a la verja electrónica de Vista y esperaba a que se abriera, vio que en su ausencia habían pegado una enorme etiqueta roja de *Vendida* sobre el cartel. El sentimiento de duelo y pérdida que había esperado sentir tras el desagradable enfrentamiento con sus padres adoptivos le atenazó la garganta. Pero no sintió ira. No podía enfadarse con el padre de Claire por tomar posesión de algo que a ella nunca le había pertenecido en realidad.

Parpadeando para librarse de las lágrimas, atravesó la verja y aparcó ante la casa. Recogió la bolsa del asiento del pasajero, bajó del coche y fue hacia la puerta delantera. En vez de buscar la llave, tecleó el código de entrada en el panel, giró el pomo y entró en la casa que había sido su hogar durante más de diez años.

Dejó la bolsa en el suelo, junto al perchero de caoba y miró a su alrededor. Había cajas sin cerrar en el suelo del salón, llenas de los tesoros que había acumulado a lo largo de los años. Sábanas blancas cubrían los sofás que Mimi había dejado atrás. Tragó saliva, colgó el abrigo del perchero y fue hacia la sala de estar y su equipo de música, ansiosa por algún sonido que acabara con el opresivo silencio reinante.

Seleccionó un CD de éxitos de los años sesenta, setenta y ochenta y lo introdujo en la ranura. Mientras Los Rolling Stone entonaban *Ruby Tuesday,* se dirigió a la cocina.

Frenó en seco y consiguió, a duras penas, ahogar el grito que subió a su garganta. Garrett estaba al pie de la escalera, vestido con los vaqueros, las botas y la camisa que ella había elegido para él. Lo miró con el corazón a punto de estallar.

La llenó de furia que tuviera el descaro de entrar en su casa después de lo que le había hecho.

—¿Qué haces aquí? —exigió con ira.

—Ocuparme de algunos asuntos pendientes.

—¿Cómo has entrado? —preguntó ella, pensando que su respuesta no aclaraba nada.

—Utilicé el código que me diste. Aún funciona.

Ella se maldijo internamente por no haber pensado en cambiarlo y cruzó los brazos sobre el pecho.

—Vista está cerrada. Tendrás que buscar otro alojamiento.

—Tú estás aquí —apuntó él.

—Yo vivo aquí —le recordó ella con tersura. Luego recordó la pegatina de «Vendida»—. Al menos de momento —añadió.

—Pagué un mes de estancia y estuve aquí bastante menos que eso. Me debes unos días.

Ella dejó caer los brazos, enfadada con él por aparecer sin avisar, por reabrir una herida que ella deseaba pudiera cicatrizar.

—¿Por qué haces esto, Garrett? Puedes permitirte el alojamiento que quieras. ¿Por qué insistes en quedarte aquí?

—Ya te lo he dicho —replicó él, dando unos pasos hacia ella—. Aún me quedan unos días.

—Muy bien —dijo ella, yendo hacia el escritorio donde guardaba los libros de contabilidad de Vista—. Te devolveré el dinero —abrió el cajón superior, sacó el talonario de cheques y se sentó—. ¿Cuánto tiempo estuviste aquí? ¿Dos semanas? Te devolveré la mitad del dinero.

—No quiero una devolución. Quiero alojarme aquí.

Ella dio un respingo al oír su voz tan cerca. Sin que se diera cuenta, se había situado a su espalda. Apretó la mandíbula y empezó a rellenar un cheque.

–Pues no puedes. Vista está cerrada.

–Si no recuerdo mal, también estaba cerrada cuando aceptaste mi reserva para el mes de enero.

–Sí. Siempre cierro en enero. Es cuando me voy de vacaciones.

–¿Y cuál es la diferencia? Cerrada es cerrada, ¿no?

Ella dejó el bolígrafo en la mesa y giró en la silla para mirarlo. Fue un error. Pero desde luego no el primero que cometía con respecto a Garrett Miller.

Sus ojos marrones parecieron atraparla, hacerla cautiva. Bajó los párpados para librarse del poder que ejercían sobre ella.

–No te quiero aquí.

–¿Por qué?

–Por que no –abrió los ojos y lo miró con ira–. ¿De acuerdo? –terminó de cumplimentar el cheque y lo arrancó del talonario. Se puso en pie y se lo entregó–. Toma tu dinero y vete.

–¿Podríamos pulsar la tecla de «Rebobinar»?

–¿Qué? –preguntó ella, incrédula.

–Pulsar «Rebobinar». Parece que contigo empecé con mal pie.

Ella cerró los ojos de nuevo, tragó saliva y volvió a mirarlo, convencida de que estaba empeñado en romperle el corazón en pedazos.

–No. Por favor. Vete.

Él alzó una mano y le apartó el cabello de la cara.

—Eso no me parece del todo justo. Cuando tú me pediste que pulsara la tecla de «Rebobinar», no te rechacé.

Ali sentía un dolor tan intenso en el pecho, que temió caer de rodillas. Las lágrimas la quemaban.

—Garrett. Por favor.

—¿Por favor, qué, Ali? —le puso el mechón de pelo tras la oreja y se acercó más.

—Por favor, no me hagas más daño.

—No te lo haré. No intencionadamente. Nunca pretendí herirte.

—Pero lo hiciste. Me mentiste.

—No mentí —rodeó su cintura con un brazo—. Simplemente no te conté toda la verdad.

Ella puso las manos contra su pecho, luchando contra el deseo de deshacerse en sus brazos, segura de que no podía retomar la relación que habían tenido antes. No sabiendo que lo amaba.

—Te acostaste conmigo —le gritó—. Me hiciste el amor. ¿Cómo pudiste hacer eso y no decirme lo que sabías? ¿Qué era yo? ¿Un entretenimiento mientras esperabas la ocasión perfecta para conseguir lo que querías de mí?

Cerró los puños contra su pecho y lágrimas ardientes empezaron a deslizarse por sus mejillas.

—Yo hice el amor contigo porque te deseaba a ti, Garrett. A ti. Incluso me enamoré de ti. No era mi intención y si pudiera dar marcha atrás haría cuanto estuviera en mi mano para no quererte —se pasó la mano por las mejillas, furiosa consigo misma por revelarle su alma, por dejarle saber cuánto significaba para ella—. No puedo deshacer lo que ya está hecho. Pero sí puedo proteger mi corazón de más dolor. Pasé gran parte de mi vida intentando conseguir el amor de mis padres, y ellos no quisieron o no pudieron quererme. No volveré a pasar por eso. No puedo.

–Ni yo desearía que lo hicieras –murmuró él. Pasó los dedos por su mejilla y luego la miró a los ojos–. Los sentimientos no son algo fácil para mí. Y no digo que eso excuse cómo me porté contigo. Pasé los seis primeros años de mi vida sin afecto. Nunca lo experimenté hasta que mi madrastra entró en mi vida. Incluso entonces, me resultaba difícil demostrar mis sentimientos, y más aún expresarlos.

Tomó su rostro entre las manos.

–Pero te quiero, Ali. Por difícil que te resulte creerlo, te quiero con todo mi corazón.

–Oh, Garrett –musitó ella, llevándose una mano a los labios–. No lo sabía. Pensé que...

–Lo sé –la apretó contra su pecho–. Pensaste que te había utilizado y engañado, y entiendo que lo hicieras. Manejé esta situación mal desde el principio. Antes de venir a Austin, ya había decidido que me caerías mal –echó la cabeza hacia atrás para mirarla–. Creía que habías hecho daño a mi madrastra, a la única persona en mi vida que se había preocupado de mí. Cuando vine, lo hice por ella. Quería que fuera feliz, y sabía que no lo sería hasta que tuviera la oportunidad de verte, de hablarte y explicarte por qué había tenido que renunciar a ti –posó la mano en su mejilla–. Y tal vez quisiera vengarme, herirte tanto como tú la habías herido a ella. Pero todo eso fue antes de conocerte. Antes de comprender que eras la víctima, no la villana que yo había creído.

—Oh, Garrett —sollozó ella—. Mis padres no deberían haberle dicho eso. Cuando leí la carta que me había escrito...

—¿Leíste la carta? —preguntó él, confuso.

Ella asintió.

—Pero dijiste que nunca habías recibido la carta, ¿no?

—Y así era. Hasta ayer.

—Pero... ¿dónde? ¿Cómo?

—Tomé un avión, fui a ver a mis padres y se la pedí.

Él la llevó al sofá y ambos se sentaron.

—¿Tuvieron la carta todos estos años y no te la dieron?

Ali movió la cabeza y bajó la vista.

—Eso es. De hecho, mi madre negó tenerla hasta que le dije que había visto la de Jase y que sabía que mi madre había escrito una para mí. También le pregunté por mi partida de nacimiento, y por qué no indicaba que había sido un parto de mellizos —lo miró, incapaz de ocultar su tristeza—. Ella lo hizo. Mi madre —volvió a mover la cabeza, le costaba creer que hubiera llegado a esos extremos—. Nunca lo admitirá, pero creo que temía que buscara a mis padres biológicos. Por eso nunca me dio la carta.

—¿Y la leíste entera?

—En el vuelo de regreso —sus ojos se llenaron de lágrimas—. Ojalá la hubiera tenido hace muchos años. Me quería, Garrett. Aunque renunció a mí, me quería. Lo noté en cada palabra que escribió, y sentí su dolor. Ni siquiera puedo imaginarme lo difícil que debió ser para ella darme en adopción.

–Quería lo mejor para ti. Para ti y para Jase.

–Ahora la sé –sonrió con tristeza–. Desearía haberlo sabido hace años. Tal vez eso habría hecho que vivir con mis padres fuera más fácil.

–¿Te gustaría conocerla?

–Más que nada en el mundo. Y a mi padre también.

–Eso puede arreglarse –su rostro se iluminó con una sonrisa–. Pero antes... –metió la mano en el bolsillo–. Esto es para ti.

–¿Qué es? –preguntó ella, confusa al ver la llave que le ofrecía.

–La llave de Vista.

–Gracias –ella se tragó una risa y apartó su mano–. Pero no necesitaré la llave de Vista durante mucho tiempo más.

Él apretó la llave contra su mano, instándola a aceptarla.

–No, es tuya.

–No entiendo.

–Es tuya. Vista. La he comprado.

–¿Has comprado Vista? –lo miró boquiabierta.

–Firmé los documentos esta mañana.

–Pero... ¿por qué?

–Dado que voy a construir una sucursal aquí, imagino que necesitaremos un sitio donde alojarnos cuando estemos en la ciudad.

–Garrett –dijo ella, temiendo estar malinterpretándolo–. ¿Qué estás diciendo?

Él movió la cabeza con tristeza.

—Me parece que he manejado esto tan mal como cuando intenté reunirte con tu madre —cerró la mano sobre la de ella—. Quiero que te cases conmigo, Ali. Sé cuánto te gusta esta casa y nunca te pediría que renunciaras a ella. Podemos repartir nuestro tiempo entre Washington D.C. y Austin. O, si prefieres, podemos convertir ésta en nuestra residencia permanente, y yo mantendré mi casa de Washington para cuando tenga que ir en viaje de negocios.

—Espera —musitó ella débilmente—. Vuelve a decir eso de que quieres casarte conmigo.

Riéndose, él la rodeó con los brazos y la apretó con fuerza.

—Ésa es una de las cosas que más adoro de ti, Ali. No tienes ni idea de lo irresistible que te encuentro.

Ella se aferró a él como si fuera un espejismo que podía desaparecer si se atrevía a soltarlo.

—No puedo creerlo. Yo, Ali Moran, casándome con un archimillonario.

—Me preocuparía si creyera que ibas detrás de mi dinero.

Ali dio un bote y lo miró alarmada.

—Te juro que te quiero a ti, no a tu dinero.

Sonriendo, volvió a abrazarla con fuerza.

—Y ésa es otra cosa que me gusta de ti. Serías igual de feliz pobre que rica.

—Eh, Garrett —echó la cabeza hacia atrás para mirarlo—. Eso no es del todo verdad. He estado en la ruina antes, y no me gustaría volver a estarlo nunca.

—Y no lo estarás —le aseguró él—. Siempre cuidaré de ti. Siempre.

—Y yo siempre cuidaré de ti –dijo ella inclinándose besando sus labios.

—Ay, Ali. Te quiero muchísimo

—Y yo a ti.

—Bueno, ahora hablemos de ver a tu madre –dijo él, poniéndose en pie.

—¿Qué vas a ha hacer? –rió ella–. ¿Hacer que firme una declaración de intención o algo?

—No, voy a buscarla –fue hacia la escalara–. ¿Mamá? ¿Eddie? Ya podéis bajar.

Ali abrió los ojos como platos al oír pasos en la planta superior.

—¿Están aquí? –preguntó, incrédula.

Él sonrió y asintió con orgullo.

—Estaba esperando a que me declarara antes de bajar a conocerte.

—¿Ahora? –gritó ella. Se levantó de un salto y empezó a frotarse las mejillas y a pasarse los dedos por el pelo–. ¡Mírame! Estoy hecha un desastre.

—No, claro que no. Estás preciosa –Garrett agarró sus manos y se las llevó a los labios.

—Me estás engañando –rezongó ella. Se quedó paralizada al ver a un hombre y una mujer bajar por la escalera.

—¿Ali? –dijo la mujer, tras un titubeo.

Ali se quedó sin habla. El parecido entre ellas era tan grande que no tuvo ninguna duda de que era su madre. Se llevó una mano al cuello y asintió.

—Sí. Soy Ali –dio un paso, luego otro, y después corrió hacia su madre y la abrazó.

—Por todos los diablos —exclamó Eddie, limpiándose una lágrima–. Es igual que tú, Barbara.

Barbara apartó a Ali para examinarla.

–Oh, no, Eddie –dijo–. Es bellísima. Nuestra hija es una auténtica belleza.

Extendió el brazo hacia Garrett y lo atrajo al círculo que formaban su marido, Ali y ella.

–Ahora mi familia está completa –dijo, con una sonrisa radiante–. Eddie, los bebés que perdimos hace tantos años y Garrett, el hijo de mi corazón.

Alzó el rostro hacia Garrett y apretó su mano.

–Si me hubieran encargado elegir una esposa para ti o un marido para mi hija, no habría encontrado una pareja más perfecta que el uno para el otro, ni nadie a quien quisiera más que a vosotros dos.

Más tarde, esa misma noche, Ali estaba tumbada en la cama, incapaz de dormir, pensando en todo lo ocurrido ese día. En unas pocas horas, se había comprometido, había recibido la llave de Vista como regalo y había conocido a sus padres biológicos. ¡Era un milagro que no estuviera dando volteretas por la calle!

Oyó el crujido de la puerta del dormitorio y se incorporó en la cama.

–¿Garrett? –musitó, insegura.

–¿A quién esperabas? –bromeó él, metiéndose en la cama con ella.

–¿Y si te han oído Barbara y Eddie? –preguntó ella, mirando hacia el techo con preocupación.

–No te preocupes. He sido silencioso como un ratoncito.

—Me siento como una adolescente portándose mal a espaldas de sus padres —dijo ella, controlando una risita y acurrucándose contra él.

—Añade una cierta emoción al asunto, ¿no te parece? —preguntó él, deslizando la mano bajo la camiseta de su pijama y acariciándole un seno.

—No estoy segura de poder soportar muchas emociones más —jadeó ella.

—Te quiero, Ali —la besó en los labios.

—Nunca me cansaré de oírte decir eso —dijo ella, poniendo una mano en su mejilla. Después se abrazó a su cuello—. Hazme el amor, Garrett.

—¿Y si Barbara o Eddie se levantan para beber agua o algo y nos oyen?

—Creo que lo entenderán, ¿no? —mordisqueó el lóbulo de su oreja.

Epílogo

Dos años después...

Ali inspiró profundamente, saboreando el olor a madreselva silvestre que flotaba en el aire.

–¿Estás bien?

Alzó la vista y vio que Garrett la contemplaba con cara de preocupación. Sonriendo, se agarró a su brazo.

–Estoy perfectamente. Sólo disfrutaba del aire fresco. Esto es precioso, ¿verdad? Tan tranquilo y lleno de paz.

Garrett miró a su alrededor y luego fijó la vista en el monumento conmemorativo que habían ido a desvelar.

–Ése era el objetivo, cuando diseñaron esto.

–¿Crees que lo saben? –preguntó ella–. Me refiero a los soldados. ¿Crees que saben que el ranchero cumplió la promesa que les hizo?

–Uno de ellos sí –dijo, señalando con la cabeza a Eddie, que estaba al borde del grupo, con la vista fija en la estatua de los seis soldados–. Tu padre.

Ella parpadeó para librarse de las lágrimas. Aún le costaba creer que después de tantos años, el sueño de reunirse con su familia se hubiera hecho realidad.

–No puedo imaginarme lo que siente –dijo–, sabiendo que es el único de esos soldados que ha visto este día.

–Supongo que experimenta un montón de emociones distintas. Orgullo. Tristeza. Alegría.

–¿Alegría? –Ali lo miró con curiosidad.

–Piénsalo. Durante más de treinta años, Eddie vivió una vida solitaria, creyendo que había perdido a la mujer a quien amaba, y sin saber que había sido padre de mellizos. Ahora Barbara y él están casados y no sólo tiene una hija y un hijo, sino también nuera y yerno.

Una niña pequeña se acercó y estiró los bracitos hacia Garrett.

–Aúpa.

–Y nietos –añadió él, riéndose. Se inclinó y alzó en brazos a su sobrina. Ella apoyó la cabeza en su hombro y se metió el pulgar en la boca–. Hola, rayito. ¿Tienes sueño?

–Mmmm –murmuró ella, cerrando los ojos–. Molly no tiene siesta.

–Vas a ser un padre fantástico –dijo Ali, rodeando la cintura de Garrett con un brazo.

–¿Tú crees? –alzó una ceja.

–Lo sé. Molly opina que eres fabuloso, y no es fácil complacerla.

–Eso es porque hace lo que quiere conmigo. Sólo tiene que agitar esas pestañas y hago cuanto me pide.

–Si eres tan blando con las niñas, espero que tengamos chicos –Ali se puso una mano sobre el vientre hinchado.

–Gemelos –Garrett soltó un suspiro–. Todavía estoy intentando hacerme a la idea de que vamos a tener dos bebés, en vez de uno.

—Pues más te vale acostumbrarte —le advirtió ella—. Estarán aquí antes de lo que crees. Oh, mira —dijo, al ver a una pareja que se acercaba al monumento—. Son Stephanie y Wade Parker.

—La mujer responsable de iniciar todo esto. Quien está con ellos es la hija de Wade, ¿no? —estrechó los ojos para ver a la persona que seguía a la pareja.

—Sí, es Heather —Ali rió suavemente—. Y en el cochecito del que tira va su hijo Clayton. ¿No es un muñeco?

—Más vale que Wade no te oiga llamar a su hijo «muñeco» —le advirtió Garrett—. Los hombres son raros en ese sentido. Siempre les preocupa que las mujeres vayan a afeminar a sus hijos.

—Y a las mujeres que los hombres mimen demasiado a sus hijas y las conviertan en princesitas.

—Es difícil no mimar a unas personitas tan encantadoras —dijo Garrett besando la mejilla de Molly.

—¿Has visto a Leah Forrester? —preguntó Ali, mirando a la concurrencia.

—¿Es la que está casada con el tipo de las Fuerzas Especiales?

—Sí, Sam. Aunque ya no es militar.

—Los vi hace un minuto, junto al pabellón, comprobando que todo está listo para la cena que servirán después.

—Esa mujer es una organizadora nata. No me imagino preparando un evento para un grupo de este tamaño.

Por el rabillo del ojo vio a su padre, Eddie, encaminarse hacia el podio. Se acercó más a Garrett.

–Creo que la ceremonia está a punto de empezar –susurró.

Cuando Eddie subió a la plataforma, se hizo el silencio entre la gente.

Ali, con un nudo de emoción en la garganta, lo vio ir hacia el micrófono, con la cabeza alta y los hombros cuadrados. Sabía que estaba concentrándose en sus pasos, para esconder la cojera que sufría como consecuencia de la guerra. Ali entrelazo los dedos con los de Garrett.

–Me llamo Eddie Davies –dijo él en el micrófono. Se volvió para mirar la estatua de los seis soldados que tenía a su espalda–. Me gustaría presentaros a algunos de mis amigos –alzó una mano–. El del centro es Poncho. El único de lo seis que no tiene representación familiar aquí. Poncho eligió seguir otro camino, pero era un buen soldado y un buen amigo.

Señaló a otro de los soldados.

–El que está a la izquierda de Poncho es Predicador. Imposible encontrar a una persona más bondadosa y de mejor corazón. Y a su lado está T.J. Durante años, T.J. estuvo listado como «Desaparecido en combate», pero gracias al trabajo de Sam Forrester y su equipo de las Fuerzas Especiales, esa calificación ha cambiado a «Fallecido en combate», lo que ha permitido a su familia saber que descansa en paz.

Se rió suavemente y volvió a señalar.

–A la derecha de Poncho está Romeo. Os aseguro que Romeo sabía conquistar a una mujer, y a eso se debe su apodo. Pero, además, Romeo tenía un carácter amigable y divertido por naturaleza, y eso lo convertía en favorito de cuantos lo conocían.

Volvió a reírse antes de seguir.

–El feo diablo que está a la derecha de Romeo… ése soy yo –su sonrisa de desvaneció y soltó el aire de golpe–. Y estoy aquí para deciros que me resulta muy extraño ver una estatua conmemorativa de mí mismo, y estar aquí de pie y respirando.

El público celebró el comentario con risas. Cuando se acallaron, Eddie señaló la figura que estaba en el extremo derecho.

–Y ese hombre alto y desgarbado es Pops. Si os fijáis, el artista que creó la estatua, colocó a Pops de manera que parezca que camina medio paso por detrás de los demás, mirando hacia la derecha, como si los vigilara.

Hizo una pausa, tragó saliva y se volvió hacia la audiencia.

–Hay una razón para eso. Pops nos adiestró, nos cuidó y nos mantuvo a raya. Nos recriminó cuando lo creyó necesario. Pero lo más importante de todo es que nos quería –hizo otra pausa y se pasó la mano por los ojos–. Pops hizo cuando pudo para cuidarnos y conseguir que regresáramos vivos –movió la cabeza con pesar–. Pero algunas cosas no estaban destinadas a ocurrir.

Volvió a mirar las estatuas.

–Cada uno de esos seis hombres representa a miles de soldados como ellos. Hombres que estuvieron dispuestos a arriesgar la vida por su país, luchando por la libertad.

Levantó una mano, como si quisiera impedir cualquier réplica.

–Sé que hay gente que odia la guerra y pide la paz continuamente. Y gente que opina que no deberíamos estar honrando a soldados que, a sus ojos, equivalen a asesinos. Pero, ¿sabéis qué? Ninguno de esos seis hombres inició la guerra. Hicieron lo que se les pidió y lo que se esperaba de ellos. Para unos supuso el sacrificio último. El de su vida. Para otros, como yo, supuso perder un pie, u otra extremidad.

Apoyó las manos en el podio y se inclinó hacia delante con intensidad en la mirada.

–Hubo un hombre que apreciaba el sacrificio que se pedía a nuestros soldados, y era Walt Webber. En un bar, hace más de treinta años, el señor Webber preparó una escritura y dio a cada uno de los soldados representados aquí, un trozo del documento. Nos pidió que reuniéramos los trozos cuando regresáramos y seríamos los propietarios de su rancho. Algunos dicen que el señor Webber estaba loco, que perder a su propio hijo en Vietnam, le hizo perder la cordura. Otros dicen que nunca tuvo la intención de entregar su rancho a unos desconocidos. No sé si será cierto o no, pero hay algo que sí sé. Cuando Walt Webber miró los rostros de esos seis soldados aquella noche, vio juventud y miedo. Había perdido a un hijo en esa misma guerra y, como cualquier padre, quería aliviar ese miedo. Quería darnos una razón para seguir vivos, para regresar a casa. Así nos entregó a cada uno de nosotros un trozo de la escritura de su rancho.

Eddie metió la mano en el bolsillo y sacó el trozo de papel amarillento para que todos lo vieran.

–Éste es el trozo que Walt Webber me dio esa noche. Para algunos de vosotros puede no ser más que un papel viejo, pero para mí representó la esperanza, la fe de un hombre en mi regreso.

Dejó el trozo de papel sobre el podio y luego volvió a mirar a la audiencia.

–Estoy orgulloso de vosotros –dijo, mirando directamente a los hijos de los soldados–. Me enorgullezco de lo que habéis hecho para hacer que este día fuera posible. Creísteis cuando otros dudaron. Persististeis cuando otros se habrían rendido. Perseverasteis a pesar de enfrentaros a obstáculos aparentemente insalvables. Como grupo, decidisteis aceptar el rancho de Walt Webber y convertirlo en un santuario y lugar de reposo para todos los veteranos, no sólo para aquellos a quienes le fue cedido originalmente. Al crear este lugar, honráis no sólo el recuerdo de los soldados inmortalizados aquí, sino también el recuerdo del señor Webber y de su hijo.

Volvió a darse la vuelta hacia las estatuas.

Deseo™

La esposa de su enemigo
Bronwyn Jameson

La amnesia le había robado los recuerdos, pero con sólo ver la traicionera belleza de Susannah Horton, Donovan Keane evocó las apasionadas imágenes del fin de semana que habían compartido sin salir de la cama. Susannah había planeado aquel romance para arruinar un importante negocio, pero ahora Van tendría la ocasión de vengarse. En una sola noche conseguiría romper el compromiso de matrimonio de Susannah, recuperaría el negocio y se marcharía con todos los recuerdos que necesitara para seguir adelante.

Lo que no imaginaba era lo difícil que le resultaría olvidarla a ella.

Él estaba decidido a vengarse... pero aquella mujer era completamente inocente

¡YA EN TU PUNTO DE VENTA!

Acepte 2 de nuestras mejores novelas de amor GRATIS

¡Y reciba un regalo sorpresa!

Oferta especial de tiempo limitado

Rellene el cupón y envíelo a
Harlequin Reader Service®
3010 Walden Ave.
P.O. Box 1867
Buffalo, N.Y. 14240-1867

¡Sí! Por favor, envíenme 2 novelas de amor de Harlequin (1 Bianca® y 1 Deseo®) gratis, más el regalo sorpresa. Luego remítanme 4 novelas nuevas todos los meses, las cuales recibiré mucho antes de que aparezcan en librerías, y factúrenme al bajo precio de $3,24 cada una, más $0,25 por envío e impuesto de ventas, si corresponde*. Este es el precio total, y es un ahorro de casi el 20% sobre el precio de portada. !Una oferta excelente! Entiendo que el hecho de aceptar estos libros y el regalo no me obliga en forma alguna a la compra de libros adicionales. Y también que puedo devolver cualquier envío y cancelar en cualquier momento. Aún si decido no comprar ningún otro libro de Harlequin, los 2 libros gratis y el regalo sorpresa son míos para siempre.

416 LBN DU7N

Nombre y apellido	(Por favor, letra de molde)	
Dirección	Apartamento No.	
Ciudad	Estado	Zona postal

Esta oferta se limita a un pedido por hogar y no está disponible para los subscriptores actuales de Deseo® y Bianca®.
*Los términos y precios quedan sujetos a cambios sin aviso previo.
Impuestos de ventas aplican en N.Y.

SPN-03 ©2003 Harlequin Enterprises Limited

Julia

La empresaria Jenny Hunter estaba acostumbrada a vivir la vida a su manera y había pocas cosas que no pudiera conseguir. Con tanto éxito profesional, había decidido dejar a un lado el amor, aunque no podía evitar coquetear inocentemente con un guapo solitario en la lavandería del barrio. Liam McCree llevaba meses cautivado por Jenny, pero creía que un empresario sin éxito como él nunca estaría a la altura de la mujer de sus sueños. Entonces ella sufrió ciertos problemas de salud y allí estaba Liam para animarla... y quizá también para enamorarla...

Destinos truncados
Crystal Green

Quizá juntos descubrieran que no había mejor medicina que el amor...

¡YA EN TU PUNTO DE VENTA!

Bianca

Una amante virgen a las órdenes del jeque

El jeque Khalifa estaba aburrido de las posibles esposas que desfilaban ante él. Por eso cuando descubrió a la dulce e inocente Beth Torrance en la playa del palacio, recibió tan agradable distracción con los brazos abiertos...

Beth había llegado a la isla siendo virgen e ingenua, pero se marchó con una gran esperanza... y con el futuro hijo del jeque en su vientre. Cuando el sultán del desierto juró que tendría a su heredero y que convertiría a Beth en su amante permanente... ella no pudo hacer otra cosa que acatar el mandato real.

El sultán del desierto

Susan Stephens

¡YA EN TU PUNTO DE VENTA!